AF346016

DUO DE CHOC

A propos des auteurs :

Une équipe de choc depuis 20 ans, qui s'est donc associée de façon naturelle. Avec ces deux-là, la fusion fonctionne, la magie opère.

C'est une véritable collaboration : il écrit un premier jet, puis elle entre en action pour instaurer une cohérence, mettre son style et le ton, tout en gardant l'esprit de départ.

Nicolas, apporteur d'idées à l'imagination enfantine débordante et touchante ; et Lyvia, passionnée de lecture, "créatrice de mots", cousant au fil des phrases un univers qui, nous l'espérons, saura vous toucher.

Un roman de Lyvia Palay

D'après une idée originale de Nicolas Palay

DUO DE CHOC

Auto -Edition : Lyvia Palay et Nicolas Palay
Mise en page - Source photo : Nicolas Palay et Lyvia Palay
ISBN : 978-2-9570055-0-5

À Sam, tu es la prunelle de nos yeux.
Fais de ta vie un rêve, et d'un rêve, une réalité...
(Antoine de Saint-Exupéry)

1 - Bordeaux, là où tout a commencé

Belle ville, beaux monuments, bel hôtel.
Un endroit nouveau presque chaque semaine ou chaque mois.
C'est notre vie. Sympa, non ?
Moi c'est Tilou, un petit chat en peluche tout doux. Je ressemble un peu à un loup, d'où le p'tit nom dont m'a affublé mon Nathan, 5 ans ; je suis un cadeau de sa maman Sarah, donc nous nous connaissons depuis sa naissance.

Depuis bientôt 3 ans, avec mon petit Nathan, nous voyageons de ville en ville, accompagnés de notre fidèle "Nanou". Nous sommes toujours en vadrouille pour suivre David, le papa de Nathan, qui se déplace partout pour son travail de... ne me demandez pas ce qu'il fait, je n'ai rien compris !
Quoi ? Je ne suis qu'une peluche après tout... un

peu d'indulgence s'il vous plaît !

Alors ce jour-là, nous étions à Bordeaux, dans le Sud-Ouest de la France, vous connaissez cette magnifique ville ?

Quand c'est arrivé, nous étions Place de la Bourse, avec sa sublime fontaine des Trois Grâces. Juste en face, le Miroir d'Eau. Ah, ce Miroir d'Eau, c'est génial !
La ville venait d'activer la brume d'eau qui se propage sur tout le miroir, et les enfants sont tous arrivés en courant au travers des gouttelettes, riant et sautant les bras en l'air.
En plein mois de juillet, ce point de fraîcheur est une aubaine !

- Nanouuu, regarde !!! Le Miroir d'Eau, ça a l'air trop rigolo ! On peut y aller ? S'te plaît, s'te plaîîît ??!
- Non Nathan, ton père va nous attendre...
- Allez...
- Ne discute pas.
- Mais on a le temps, allez !
- Bon, attends un peu.

Nanou sort son téléphone portable de son sac en bandoulière, écrit un message, un bip retentit, puis elle dit :

- OK, c'est d'accord, mais nous ne restons pas longtemps.
- Ouiiiiiiiiiiiii !!!!!!!! Viens Tilou !

Ah ce petit Nathan, il est un peu têtu, mais je l'adore. ON s'adore.

- Nathan, ne prends pas Tilou, il ne va pas trop aimer l'eau...

Et me voilà fourré dans le sac de Nanou, Cathy Sullivan de son vrai nom. A 58 ans, elle garde encore son goût pour les sacs multicolores, qu'elle porte en bandoulière pour plus de praticité, et surtout pour soulager ses maux de dos réguliers. Elle est stricte sur de nombreux aspects éducatifs, mais d'une gentillesse et d'une douceur sans pareilles. C'est pour ça que David l'avait choisie elle.

Donc, notre petit Nathan s'est éclaté 10 minutes dans la brume du Miroir d'Eau sous le regard bienveillant de Nanou, puis il a remis son sac à dos sur ses épaules, et m'a repris dans ses bras avant de traverser de nouveau pour prendre le tramway. D'après Nanou, David nous attendait au niveau d'une carafe géante apparemment.

De s'amuser, ça creuse, alors avant d'aller prendre le tram, Nanou donna une compote pomme - poire - mandarine à Nathan, qui laissa Nanou m'enfourner dans son petit sac à dos Dany le tigre après m'avoir fait un gros bisou.

Baveux le bisou, mais j'aime les bisous.

Le wagon du tram arriva, il y avait un monde pas possible. Les gens étaient visiblement pressés de rentrer dans le tram, et certaines personnes, comme nous, devaient encore traverser.

- Nathan, tu restes bien près de moi, OK ?
- Oui Nanou, t'inquiète pas.

Nanou réussit à se frayer un passage pour accéder au tram, mais les gens nous serraient de plus en plus fort, jusqu'à accrocher le sac à dos de mon petit Nathan, me tirer, me comprimer...

Oh non c'est pas possible, je glissais du sac de mon Nathan... et il ne s'en rendait pas compte puisque j'étais dans son dos !

Trop tard, je touchais le sol en béton, visualisais les rails du tram...

Pris de panique je ne pouvais rien faire, et je vis le tramway démarrer !

Nan nan nan, mais c'est pas possible, mon Nathan !!!

J'imaginais déjà sa bouille déconfite en me cherchant partout, les larmes couler sur ses joues, et Nanou en train de le consoler...

- Hey ! Aidez-moi ! Arrêtez ce tram !!! Hey,

jolie madame ! Hey, là, regarde en bas, mais c'est pas vrai ! Oh mais en plus je parle, mais personne ne m'entend, je ne suis qu'une peluche... Je n'ai jamais vécu une situation pareille, cornegidouille !

- Cornegidouille... mais tu viens d'une autre époque ou quoi ?

L'air surpris, souriant et chaleureux, légèrement moqueur, une petite beauté me regarde...

- Mais... tu m'entends ?!? demandai-je.
- Ben oui... D'ailleurs je suis la première surprise : tu es une peluche !

Ma mystérieuse beauté s'arrêta de parler, leva les yeux au ciel et poursuivit :

- Bon, le manque de sommeil ne me réussit pas, moi... Ah, je sais, je vais la rapporter aux objets trouvés ! dit-elle en m'attrapant par une oreille.
- Mais non !!! Tu ne peux pas me laisser je ne sais où !!!
- Non mais tu parles vraiment ou j'hallucine ??!
- Meuh ouiiiiii, et je suis désespéré !!!
- Mais pourquoi hurles-tu comme ça ?
- Je suis perdu, je suis tombé, et mon Nathan est parti dans le tram sans moi !
- Bon allez, tu es tellement craquante... viens là, et raconte-moi tout.

-   "Craquant" s'il te plaît, certes je suis une peluche, mais je suis un chat mâle, môa...
-   Un chat mâle, un chat mâle... Un chat Mallow, oui ! me taquina-t-elle.

Jolie, et en plus dotée du sens de l'humour. Ça commençait plutôt bien !

2 - Quelle piste suivre ?

TILOU

- Voilà, tu sais tout.

Calée contre un rebord de la superbe fontaine des Trois Grâces de la place de la Bourse, ma beauté avait écouté avec attention mon récit. Le tintement signalant l'arrivée d'un autre tram se fit entendre.

- Okay……
- Quoi, "okayyy" ?
- Bon, je résume : une famille de trois personnes...
- Quatre avec moi !
- Oui pardon... Donc quatre personnes en voyage d'affaires sur Bordeaux, dans un hôtel... c'est vague ça, tu sais. Heu... Sans compter que je parle à une peluche ! Bref, passons. Donc, pendant une balade tu te perds, au moment où vous deviez rejoindre le papa, David, au musée "tu-ne-sais-

quoi”... Super ! Ça, ça m'aide vraiment, c'est vrai qu'il n'y a qu'un seul musée sur Bordeaux...

Bon, je sentais bien que son ton était bionique. Heu... Pardon, ironique.

- Ah écoute, c'est mieux que rien tu ne crois pas ? Alors, tu penses pouvoir m'aider à les retrouver ?
- Bon, laisse tomber, la première chose à faire c'est de savoir comment ils s'appellent.
- Nathan, David et Nanou.
- Oui d'accord...

Ma beauté m'attrapa par une patte et me mit la tête en bas.

- Hey ! Mais ça va là, à l'aise ! Je me sens comme au spectacle l'autre jour. On était dans ce superbe bâtiment, la conserve, et on assistait à un spectacle de danse...
- Heu... la conserve !? Le Conservatoire plutôt, non ?

J'adorais ce petit air gentiment moqueur qui se dessinait sur le visage de ma jolie madame à chacune de mes bourdes ou de mes blagues.

- Oui, c'est ça ! Et donc, mon Nathan qui m'attrape, mais pas dans le bon sens, et se met à sucer son pouce en admirant le ballet de danse... Bon en gros, j'ai regardé le spectacle, la tête en bas ! Comme

maintenant !
- Désolée, mais tiens, là, sur ton étiquette :
"Nathan PAV**** - Tilou".
- Oui, c'est ce que je te disais tout à l'heure.
- Oui, mais on sait maintenant que ton nom
de famille commence par "PAV... quelque
chose" et que tu t'appelles Tilou ! C'est trop
mimi.
- Oh merci. Je ne serais pas une peluche, je
rougirais. Et toi d'ailleurs, tu t'appelles
comment ?
- Ah oui, Julie. Julie FERRERE. Enchantée !
- Moi de même.
Je sentais que nous étions faits pour nous
entendre. Le même feeling qu'avec mon Nathan.
Julie semblait bien décidée à m'aider, et elle eut
une idée.
Elle marcha jusqu'à un emplacement plein de
vélos, des VCUB je crois, c'est sympa ce principe :
vous avez des vélos à disposition disséminés dans
tout Bordeaux.
VCUB, c'est bizarre comme nom : les roues sont
pourtant bien rondes !

Et nous voilà partis, dans une course folle vers les
prochains arrêts du tram de la ligne B que Nathan
et Nanou avaient empruntée quelques minutes
auparavant.

Tout en roulant, Julie m'a expliqué vouloir retrouver le chauffeur pour lui demander si quelqu'un lui aurait parlé de moi.

Enfin arrivés à l'un des arrêts, après avoir dépassé d'autres trams vu que mes amis devaient avoir pris un peu d'avance pendant que Julie et moi nous discutions, Julie déposa le vélo et partit en direction du wagon. Je me demandais comment elle pouvait être sûre qu'il s'agisse bien de celui-ci, mais mon regard s'arrêta sur un tag à l'arrière du dernier wagon, noir et jaune, il représentait une main dont les doigts étaient pliés de façon à représenter des cornes de taureau... Elle avait sûrement dû le repérer elle aussi. Maligne, la petite.

Elle engagea la conversation avec le chauffeur :
- Bonjour Monsieur.
- Bonjour. Un ticket ? Vous avez des bornes dehors.
- Non, pas du tout, en fait, j'ai besoin d'aide.
- Hmmm ?
- Après votre départ de la Place de la Bourse, est-ce qu'une dame avec un enfant en pleurs serait venue vous voir pour...
- Si vous saviez le nombre d'enfants en pleurs que j'ai par jour... grommela le chauffeur.
- Ah OK. Oui, je me doute, mais là, ce serait à

cause d'une peluche perdue. C'est elle, regardez.

- "Lui", je t'ai dit que j'étais un GARS !!!
- Roooh, chut ! s'énerva Julie.
- Comment ça "chut"? Vous n'êtes pas bien nette ma p'tite dame. En tout cas, non, ça ne me dit rien. Mais vous pouvez toujours la déposer aux objets trouvés, le bâtiment est situé près de la mairie, en face de la cathédrale Saint André. Désolé, mais je dois partir. Sur ce, soit vous descendez, soit je vous embarque.

Je sentais bien à son regard que Julie était à la fois déçue et furax contre moi... En descendant du tram, elle pesta :

- Bravo, maintenant on me prend pour une folle !
- Désolé...

Avec ma bouille adorable, je ne doutais pas qu'elle me pardonne.

- Bon, je ne sais plus quoi faire, ni par où commencer. Je suis journaliste moi, pas détective !
- Heu... les objets trouvés ?
- Mais je croyais que tu ne voulais pas que je t'abandonne là-bas !
- Oui oui, c'est vrai, mais réfléchis une minute : si Nanou avait eu l'idée d'aller là-

bas, elle aurait laissé son nom et son numéro de téléphone, tu ne crois pas que ce serait une bonne idée d'aller juste se renseigner ?

Pas de réponse, mais me voilà calé dans le panier à l'avant du vélo, et nous dévalions les rues : le Jardin Public, la place Tourny, les allées Tourny avec leur superbe manège à l'ancienne, le Grand Théâtre et ses sublimes colonnes... Mais...

- Julie, je reconnais ce bâtiment ! On le voyait depuis notre chambre d'hôtel ce matin !
- Nan...
- Comment ça : "naaan" ? Je te dis que siiii.

Elle s'arrêta, tourna la tête et je suivis son regard pour découvrir un second théâtre.

- Whouaooo deux théâtres l'un en face de l'autre, ben dis donc ils s'embêtent pas à Bordeaux !
- Mais non Tilou, c'est le Grand Hôtel ! Un prestigieux et exorbitant hôtel... Tu es sûr et certain que vous étiez là ??!
- Ah oui, pas de l'hôtel en lui-même car j'étais dans le sac à dos de mon Nathan, mais je me rappelle bien de toutes ces personnes, là en face, en haut, au bord du vide, prêtes à tomber. Ça me faisait flipper !
- Oui, des statues donc... rigola-t-elle.

Sur ce, Julie entra dans l'hôtel après avoir été

saluée par un portier dont le regard avait glissé sur moi. Elle m'enfonça un peu plus dans son sac besace chic, noir avec de discrètes touches colorées. J'adorais l'odeur de violette musquée qui s'en dégageait, elle devait avoir un mini flacon de parfum là-dedans car ça sentait divinement bon.

- Bonjour, que puis-je faire pour Madame ? l'interrogea un homme guindé.

- Bonjour très cher. Nous avions une convention d'entreprise jusqu'à ce matin, et j'ai un dossier à rendre à l'un de mes collègues. Nous nous sommes perdus de vue après le petit déjeuner, et je ne connais pas le numéro de sa chambre.

- Où est ce dossier ? demanda le bonhomme austère en regardant le petit sac de Julie, qui, d'après lui, ne devait pas avoir la place de contenir un dossier.

- Eh bien... il est dans ma voiture.

- Remettez-le-moi et je le rendrai en personne à Monsieur... quel est son nom ?

- C'est là le problème, nous étions nombreux et je ne connais pas tous les noms de mes collègues, uniquement leurs prénoms. Il est venu avec son petit garçon et sa nurse. Cela vous dit-il quelque chose ?

- Peut-être. Madame, sachez que nous ne divulguons aucune information relative à nos clients.

- Mais c'est important !

Le jeune portier de tout à l'heure aidait un couple de clients fraîchement arrivés à déposer leurs bagages près du "petit" salon orné de gigantesques plantes et qui donnait sous un plafond haut de trois étages. Tous les couloirs couraient autour de la bâtisse comme pour former une sorte de patio sublime.

- Notre politique de discrétion aussi est importante.
- S'il vous plaît, donnez-moi juste son nom... Pas besoin de son numéro de chambre.
- Je vous souhaite une bonne journée, dit-il en nous indiquant la sortie d'un geste élégant mais non moins méprisant et méprisable.

Devant l'immense porte chic, le désarroi se lisait sur le visage de Julie. Le jeune portier venait de ressortir et nous dévisageait, puis il nous adressa discrètement la parole, sans vraiment nous regarder :

- Ils sont partis dans l'Entre-deux-Mers, nous chuchota-t-il en nous faisant un clin d'œil.
- Le monsieur avec son petit garçon et leur nounou ?? s'exclama Julie à voix basse pour imiter le jeune homme, et éviter les

représailles de Monsieur Aimable.
Un hochement de tête entendu nous redonna espoir.

- Vous connaissez leur nom de famille par hasard ? tenta Julie.
- Non je n'en sais pas plus, et je risque ma place à vous parler. Bonne recherche.
- Merci, merci beaucoup, bonne journée.

3 - Un début de piste

TILOU

Ce début de piste me mit de bonne humeur.

Mais, j'y pense... ils sont entre deux mers ?!? Ça m'a l'air un peu dangereux, j'espère que son père sait ce qu'il fait. Il ne sait pas encore nager le petit. Il s'imagine quoi le paternel, on ne met personne entre deux mers s'il ne...

- Yes ! Tu as entendu, rien n'est perdu, on a une semaine pour retrouver ton Nathan !
- Quoi, tu es heureuse !? Mon Nathan est entre deux mers, c'est hyper dangereux, il ne sait pas nager !!! Et comment ça, "une semaine" ??!
- Tu fais erreur, c'est un endroit l'Entre-deux-Mers. m'expliqua Julie.
- Oui, dans la mer donc...
- Non, c'est une partie de la Gironde, au sud-est de Bordeaux. Elle est située entre deux

fleuves : la Garonne et la Dordogne. C'est
une des campagnes viticoles de la Gironde,
et c'est un coin très charmant.

Je me sentis soulagé, un peu bête, mais soulagé.
Par contre, pourquoi a-t-elle dit "une semaine" ?

- Bon, eh bien tu vois, nous avons une bonne
piste. Il ne faut pas désespérer. Mais pour le
moment, je dois aller manger et faire ma
valise.

- Comment ça, ta valise ?? Tu pars où ? Tu ne
peux pas me faire ça !

- Alors premièrement, c'est "ON part où", car
je t'emmène avec moi si tu veux ; et
deuxièmement, on part sur Biarritz voir un
ami qui me demande mon avis sur ses
hôtels, en vue de faire un article.

- Alors premièrement, merci c'est super
sympa de ne pas m'abandonner ; et
deuxièmement, c'est quoi un article ??

- Ah oui, je ne t'ai pas dit : je suis journaliste
critique gastronomique et testeuse d'hôtels,
donc je teste puis j'écris des articles, des
textes si tu préfères, sur les restaurants et
les hôtels les plus typiques, sympathiques,
agréables et délicieux... ou pas !

- Oui oui, c'est bon, j'ai compris, mais ça ne
peut pas attendre ?

- Je n'ai pas le choix, tu me vois dire à mon

pote : "Écoute, finalement je ne viens pas, je dois chercher une famille pour remettre une peluche à un petit garçon". lança-t-elle avec désinvolture.

- Je ne suis pas une peluche comme les autres, moi ! Il pourra comprendre, non ?!
- Tu es une peluche certes trop craquante, mais je ne pense pas qu'il comprenne. Mais ne t'inquiète pas, pour moi tu es spécial.

Je ne serais pas fait de coton, j'aurais rougi.

- Ça c'est gentil, mais il n'y a pas que pour toi que je suis spécial. Nathan m'attend, il a besoin de moi. Ton "pote" patientera, allez, on y va ! m'exclamai-je.
- Non, mais tu te prends pour qui ? Tu me casses les pieds ! pesta Julie.
- Comment ça ?

Afin d'avoir la paix, Julie me mit dans son sac. J'étais en plein désarroi et elle me clouait le bec. Quelle peau de vache !

- Je t'entends...
- Hein quoi, non, non. Je parle de la matière de ton sac...
- Oui, bien sûr... Ne t'inquiète pas, je t'ai fait une promesse, et je les tiens toujours, mes promesses. Calme-toi.

Sa main me frôla, et retourna ses affaires, farfouilla dans le sac, jusqu'à attraper son téléphone.

- Hey, tu me chatouilles !

Sans me répondre, elle tapota rapidement sur son écran, émit un son de satisfaction, puis attendit quelques secondes. Julie avait mis le haut-parleur :

- Objets Trouvés de Bordeaux, bonjouuuur ! dit une voix beaucoup trop enjouée.

- Oui bonjour, je me permets de vous contacter au sujet d'une peluche blanche et grise, un petit chat qui ressemble un peu à un loup. Je l'ai trouvée au niveau de la place de la Bourse. Est-ce qu'une dame et un petit garçon de 5 ans seraient venus vous voir à ce sujet ?

- Hmmm, non ça ne me dit rien. On m'a questionnée pour un lapin, un mouton et un dinosaure, mais pas de chat / loup. Mais comment savez-vous quelles personnes rechercheraient cette peluche ?

- Heu... un témoin les a vus partir au loin, et m'a tenue informée.

- Ah d'accord. Attendez, je demande à mon collègue.

Soudain un son strident sortit du haut-parleur. Si j'en avais eus, ça m'aurait percé les tympans !

- JÉRÈÈÈÈÈM !!!!!

Quelques instants d'attente. Je ne bronchais pas.

-   JÉRÈÈÈÈÈM, VIENS-LÀ !

Tu m'étonnes qu'il ne l'entende pas, il doit être devenu sourd le pov "Jérèm" à force de bosser avec elle !

-   Non, désolée, lança la dame des Objets Trouvés, après avoir posé la question à son collègue.
-   Tant pis, je vous remercie pour votre aide. Au revoir Madame, bonne journée.
-   Bonne journée à vous aussi.

Elle rangea son portable dans son sac, contre moi, puis m'attrapa.

-   Bon, je viens d'explorer la dernière piste sur Bordeaux. Maintenant, je rentre manger, écrire mon article, et préparer ma valise pour le Pays Basque. Tu vas voir, tu vas adorer.
-   Mouais...
-   Oh arrête de faire ta mauvaise tête ! Autant tu peux être craquant, autant tu peux être pénible !

Et nous revoilà partis, j'étais installé dans le panier avant du vélo, comme à un poste de pilotage et j'adorais ça ! D'abord dans la rue Sainte Catherine, puis au niveau des Galeries Lafayette, Julie bifurqua à gauche. Incroyable, cette rue pleine de restaurants !

J'ai bien l'impression que ce sont des bons vivants

à Bordeaux !

Après avoir tourné sur la droite, je vis au bout de la ruelle une petite place, encore pleine de restaurants, avec une fontaine au centre. Je levai la tête, vis un panneau : Place du Parlement.

Julie savait où elle allait, et après avoir navigué de rues en rues... encore une place, remplie de restaurants !

- Nan mais on est où, là ?! C'est fou, ils ne pensent qu'à manger ici ou quoi ?!

Amusée, Julie me montra une petite boutique d'antiquités, un cinéma, un tabac presse et une pharmacie (je ne les avais pas vus ceux-là, au milieu de cet étalage de nourriture).

- Tu vois, il n'y a pas QUE de quoi manger ! J'adore ce quartier, c'est vivant et chaleureux. J'habite ici.

Elle s'arrêta devant une porte au soubassement en bois, mais qui laissait passer la lumière au travers d'un vitrage fumé agrémenté de barreaux en fer forgé. Julie déposa le vélo dans un long couloir qui faisait office d'entrée commune, ouvrit sa boîte aux lettres, puis grimpa les marches deux par deux.

- Hmmm hmmm... toussotai-je

Julie redescendit en courant, l'air désolé et amusé de m'avoir oublié dans le panier de transport du vélo.

- Oups, question d'habitude ! Ah d'ailleurs, il

faut que je rende le vélo ! Allez, viens-là.

La place Camille Jullian était équipée d'une station VCUB, Julie n'eut donc aucun mal à rendre le vélo, et en quelques minutes, nous étions de retour au pied de son escalier : heureusement que je ne pouvais pas marcher car nous avons dû gravir trois étages !

Elle tient la forme la petite !

Un petit paillasson HOME nous accueillit devant la porte d'entrée de son appartement.

Ces derniers temps, j'étais tellement habitué au confort impersonnel des hôtels que j'en avais oublié le côté douillet et chaleureux d'un véritable chez-soi.

Chez Julie, c'était un doux mélange de bazar organisé, de simplicité et de vie.

Deux vestes étaient posées négligemment sur un banc à chaussures dans l'entrée, la décoration du salon genre Maison du Monde collait bien avec sa personnalité et apportait un côté cosy.

Je me suis tout de suite senti à l'aise au milieu de ces meubles et ces bibelots aux couleurs chaleureuses.

Elle entra dans sa cuisine et me déposa sur le haut de son four à micro-ondes.

La pièce avait cette fois-ci un décor plutôt provençal, avec du jaune et du vert, des tournesols et des oliviers.

J'adore cette fille, je sens que je vais vivre de bons moments avec elle.

Même si mon Nathan me manque bien sûr, mais je suis ravi d'avoir rencontré Julie !

Elle attrapa un plat au réfrigérateur et versa le tout dans une assiette.

- Bon appétit Julie !
- Merci ! Pour une fois que j'ai pris le temps la veille de me préparer de quoi manger sainement : concombre, courgettes, tomates cerise, surimi, emmental, j'adore ! Comme je savais que je n'aurais pas beaucoup de temps, entre mon article à rédiger et mon sac à boucler...

Je jetai un œil en direction de son sac à main : il m'avait l'air bel et bien fermé pourtant.

- Je sais à quoi tu penses, Tilou... Je parle de préparer ma valise pour notre départ de demain, pas de fermer mon sac !
- Ah, mouais, je me disais bien...

Après avoir avalé son repas rapidement, Julie m'installa sur un meuble couleur wengé dans le salon où elle avait installé un coin bureau très sympathique. Tout y était réuni pour un travail efficace et de qualité.

Tout était en ordre, ce qui jurait avec la table basse du salon où se côtoyaient magazines de décoration, revues touristiques, deux tasses dont

une avec un reste de café froid qui s'ennuyait au dernier tiers de la tasse, depuis au moins 24 heures vu les traces séchées qui ornaient le récipient...
Bref, ma Julie était un mélange de désordre et d'organisation, de détermination et de laisser-aller, d'excentricité et de sagesse.
J'adorais ça !

La fin de journée se déroula tranquillement, Julie termina son article, et en commença un autre, assidue devant son ordinateur portable. Elle picorait quelques fruits secs de temps à autre, et se préparait du thé. Depuis le meuble du salon, positionné près d'une fenêtre, je pus profiter de la vue plongeante du troisième étage sur cette jolie place qui prenait vie au fil des heures. Des gens allaient et venaient, tandis que d'autres s'installaient en terrasse pour boire un verre et manger entre amis.

Pendant qu'elle préparait sa valise, enfin plutôt son sac de voyage, je l'observais depuis le haut de sa commode où elle m'avait posé, à côté d'une espèce de madame d'où pendaient de multiples colliers... Mais quelle idée !
Elle disposa un jean bleu clair et un chemisier sans manches blanc sur un truc en bois ayant vaguement la forme d'un bonhomme.

-   Alors, ça c'est pour demain. Maintenant la trousse de toilette, puis le sac...

Elle continua de se parler à elle-même, comme pour être certaine de ne rien oublier, en se dirigeant vers la salle de bain.

Après 30 minutes de préparatifs, une tasse de chocolat au lait et la lecture de quelques pages d'un roman de Marc Lévy confortablement installée dans son lit, Julie éteignit la lumière.

-   Bonne nuit Tilou.
-   Heu... Julie ?
-   Oui ?
-   Nathan me manque.
-   Je me doute, ne t'en fais pas, dans trois jours on file dans l'Entre-deux-Mers.
-   C'est gentil Julie. Mais en fait, c'est que... j'ai pas l'habitude de dormir en haut d'une commode, tu vois ?
-   Ah... Mais oui, viens-là !

Elle sortit de son lit, m'attrapa par une oreille et se recoucha, moi calé dans son cou.

Le bonheur : la douce chaleur de la tendresse d'un câlin, et la délicieuse odeur de violette que j'avais sentie dans son sac à main l'après-midi même.

Une bonne nuit en perspective.

4 - Pays Basque, nous voilà !

JULIE

- Bon, j'espère n'avoir rien oublié. Ordinateur ? Check. Tilou... Mince, Tilou !
- Non non, c'est bon, j'suis là, mais j'suis coincé dans ton sac à main !
- Ah désolée ! Allez hop, sur le tableau de bord, au moins tu auras une meilleure vue ! Bon, j'en étais où ? Téléphone et chargeur, check. Bon, c'est déjà ça, le principal est là ! Pour le reste, on verra bien !

Je cogite beaucoup quand je pars quelque part, car il faut toujours que j'oublie un truc : j'ai bien pris ma brosse à dents, mais pas le dentifrice, ou encore, j'ai bien une tenue par jour mais pas de petites culottes, ou enfin j'ai bien mon téléphone mais pas le chargeur. Logique, quoi...

Direction Biarritz ! Mon ami Yann tient des hôtels sur la Côte Basque. Il venait de terminer la déco d'un nouvel hôtel, et souhaitait un article dans le journal pour lequel je travaille.

Depuis Bordeaux, notre périple de 3 heures commença (il faut toujours penser aux pauses café). Sortir de la ville était chose facile, maintenant direction la Rocade. Ah... alors comment dire ? Avec "l'enquête" pour retrouver le petit Nathan, j'avais oublié que nous serions samedi aujourd'hui. Et un samedi d'été sur la route du Pays Basque, c'est une question de patience. Nous ne roulions pas très vite. Mais comme on dit : "doucement mais sûrement !", et petit à petit, nous avons réussi à sortir de la Rocade, l'autoroute A63 nous ouvrait les bras.

Je regardais mon compteur de vitesse, et bien ce n'était pas très glorieux. Nous n'étions qu'à 40 km/h, si nous faisions le ratio, ce serait compliqué d'arriver à l'heure au rendez-vous ce matin. Heureusement, je lui avais dit fin de matinée au cas où.

Dans ces cas-là, il ne restait plus qu'à mettre mon CD préféré et à chanter à tue-tête. En ce moment, j'adorais écouter en boucle l'album de Mika "Life in cartoon motion". Il est trop top.

En arrivant sur Le Muret, la circulation se fluidifia comme par magie. Allez, on accélère, on change de CD : Pulp Fiction. Je me prenais pour une véritable pilote de Formule 1.

Encore un autre CD : The Beach Boys.

Pour se croire en vacances, il n'y a pas mieux !

Soudain, j'entendis un petit fredonnement. C'était Tilou, qui avait l'air d'apprécier la musique !

Les kilomètres défilaient. Nous sommes arrivés à Biarritz pour 13h, plus qu'un dernier péage avant d'arriver chez Yann. Et là, c'est comme au supermarché, on choisit toujours la mauvaise file d'attente...

Comme à chaque fois, mon regard fut agréablement surpris à la vue de la villa de Yann. C'est une belle villa typique, dont le blanc tranche avec le rouge des boiseries. Il a respecté les couleurs et l'esthétique locales. Un de ses collègues m'accueillit chaleureusement en m'expliquant que Yann était en ligne, et qu'il arriverait d'ici quelques minutes. Il m'invita à disposer mes affaires dans ma chambre, en m'indiquant du doigt son emplacement.

Mais c'était pour la forme, car j'avais l'habitude : à chacun de mes passages dans le coin, Yann m'invitait à séjourner chez lui. En fait, ce lieu faisait office de chambres d'hôtes, mais Yann ne pouvant s'en charger lui-même, avait délégué la gestion à l'un de ses collaborateurs de confiance, quand l'amour de sa vie ne pouvait s'en occuper.

Les baies vitrées de la villa offrent un point de vue superbe sur le jardin boisé et fleuri. Après avoir fait le tour de la maison, je m'arrêtai pour admirer la piscine embellie par la présence de fleurs d'un rouge éclatant et d'un sublime palmier. Je m'avançais vers la dépendance pleine de charme où j'allais passer mon séjour. Le week-end promettait d'être agréable. En même temps, avec Yann, j'aurais été surprise du contraire, il a toujours eu bon goût.

Un petit sifflement sortit de mon sac à main. Tilou avait la tête qui dépassait :

- Eh ben ! Dis-moi, t'es là pour le travail c'est ça ? Trop dur la vie...!

Amusée, je rentrai dans ma chambre, mis mes bagages près de la console laquée noire placée près de la porte d'entrée, et pris Tilou dans mes mains.

- Bon, par contre, pas d'impairs cette fois : ne me fais pas passer pour une folle en me perturbant avec tes réflexions malvenues !
- Oh eh, excuse-moi de vivre ! Si je puis dire...
- Oui bon, tu m'as comprise : ne m'énerve pas, ne me fais pas rire, ou ne m'oblige pas à te répondre devant les gens ! Apparemment, il n'y a que moi qui

t'entende, et tant que je n'ai pas compris pourquoi, je préfère rester discrète, sinon je vais finir à Cadillac !

\- Whooow, la classe si tu finis par en avoir une !

\- Quoi ??

\- Une Cadillac !

\- Heu... non, Cadillac c'est aussi un établissement psychiatrique ! Et ça se situe dans l'Entre-deux-Mers justement !

5 - Retrouvailles sur la Côte Basque

JULIE

Arriver sur la Côte Basque m'avait toujours procuré une émotion particulière.

J'y avais passé de nombreuses vacances d'été dans ma jeunesse...

Eh voilà que je parle comme une mamie ! Je n'ai que 32 ans après tout !

En tout cas, quand j'étais un peu plus jeune, donc, je me suis forgée de super souvenirs, et notamment de mémorables séjours dans le Trafic aménagé par le père de mon petit ami de l'époque. Nous allions de campings en zones sauvages, c'était génial !

Bon, comme je le disais tout à l'heure, ce jour-là, le programme était simple. Nous devions visiter l'un des hôtels que mon ami Yann venait de rénover. D'ailleurs, il faudrait peut-être que j'aille le rejoindre...

- Comment va la plus belle des plus belles ?!

Un petit gloussement se fit entendre du fond de mon sac... Je me retins de répliquer quoi que ce soit.

- Hey, salut mon Yann !
- Ça fait plaisir, depuis le temps ! Tu m'avais habitué à venir plus souvent.
- Oui, je sais, mais j'ai été super prise, et en plus, ma patronne m'envoyait en mission plutôt à l'opposé de la Côte Basque tu vois, on aurait dit qu'elle le faisait exprès !
- Bon, allez, on lui laissera la vie sauve pour cette fois... Mais que ça ne se reproduise pas trop souvent ! dit-il d'un air malicieux.

Nous avons alors décidé de passer directement aux choses sérieuses, pour pouvoir profiter plus tard de nos retrouvailles. Car quand on s'y met... Quelles pipelettes !

Yann m'emmena donc dans sa voiture, direction Saint-Jean-de-Luz. Après une trentaine de minutes, nous arrivâmes dans une petite rue arborée, et il ne m'avait pas menti : il avait dégoté un ravissant hôtel qu'il avait superbement restauré en plein centre-ville.

Avec les murs d'un blanc immaculé, la vigne qui courait le long de poutres apparentes peintes en rouge foncé, il était impossible de passer à côté sans le remarquer.

J'étais très emballée par cette découverte, surtout que j'avais vu une photo de la façade au moment de son achat, et j'avoue que j'ai fortement douté du fait que mon ami puisse en faire quelque chose de potable...

Les entrepreneurs qui prennent le temps de faire de vraies belles rénovations se font rares, et je sais de quoi je parle, il y a des moments où j'aurais mieux fait de ne pas me déplacer.

- Whouaw, Yann, rien que l'extérieur est magnifique !
- Merci, je voulais que les clients aient envie d'y entrer !
- Bravo, c'est réussi ! Et si l'intérieur est comme l'extérieur, je ferai en sorte de te mettre à la une du site pendant quinze jours au moins.
- Tu es mignonne ! Allez, viens ! Pour l'intérieur, j'ai fait appel à une décoratrice spécialisée, c'est une amie. Je pense que tu vas aimer. Je ne t'en dis pas plus.
- J'ai trop hâte, allons-y alors !

Yann me laissa entrer dans le bâtiment la première. Il a toujours été galant. Ça aussi c'est une valeur qui se perd...

L'endroit sentait bon, un léger mélange entre le neuf et l'ancien. L'entrée, bien que petite, était aménagée avec goût, sans trop de meubles pour laisser respirer la pièce, mais avec un minimum d'accessoires de décoration pour se sentir comme chez-soi. La clientèle sera plongée dans l'ambiance : dans chaque pièce, se cotoient un mobilier chic et sobre, ainsi que des éléments décoratifs sur le thème basque. Une photographie travaillée de piments d'Espelette aux couleurs attrayantes, des planches de surf savamment relookées en tables basses dans un petit salon de détente, des chisteras de différentes tailles détournées en fleurs décoratives élégantes.

- C'est quoi ces fleurs en paille ?? questionna soudain Tilou pendant que Yann donnait quelques instructions à un de ses employés.

Je ne répondis pas, de peur de passer pour une folle.

- Alloooo ?!! m'interpella Tilou.
- Chut...! Elles sont faites avec des gants en osier tressé. Ils servent habituellement à jouer à la pelote basque.
- Pelote de laine, je connais, mais pelote basque...
- Oh écoute, arrête un peu avec tes...
- Hmmm ? Tu veux que j'arrête avec mes quoi ? Je ne t'entendais pas bien, dis-moi ?
- Ah Yann, non non, je disais : arrête un peu avec cette déco trop incroyable, qu'est-ce

que ça va donner à l'étage avec les
chambres ?!
-    Ah OK ! C'est gentil ! D'ailleurs, on y va.

Ouf, ni vue ni connue, j't'embrouille.
En tout cas, c'était un semi-mensonge : j'étais
conquise. Comme dans l'attente du bouquet final
d'un feu d'artifices, j'étais impatiente de découvrir
les chambres. Arrivés à l'étage, je pus confirmer
que cet hôtel était une réussite en termes de
décoration d'intérieur.
Les chambres étaient toutes dans le même style,
mais avec des couleurs différentes. En ouvrant la
porte, nous étions happés dans un univers marin /
zen. Chacune était égayée par un tableau
photographique en immersion totale dans le
monde marin, ou bien sur l'une des superbes
plages du Pays Basque.
La parure de lit, les rideaux, les encadrures de
portes et les cadres décoratifs variaient selon les
chambres, et s'accordaient tantôt de bleu profond,
bleu lagon, taupe, ou sable, le tout mis en valeur
par des murs blanc pur.
-    Tu t'es surpassé sur ce coup-là Yann, je suis
     enchantée de voir ce que tu as fait de cette
     ruine, bravo !
-    Ah, eh bien je suis ravi ma chérie, je ne
     pensais pas que ça te plairait autant ! Mais

au fait, tu as mangé ?

- Non, je suis venue directement chez toi.
- Moi non plus, et je compte t'emmener dans un resto sympa. Mais avant de reprendre la route, on va se faire un petit apéro : je vais te faire goûter mon jambon de Bayonne sur son lit de melon et d'autres spécialités locales, le tout accompagné d'une sangria maison, on va se régaler !
- Ça, c'est une bonne idée !

Nous sommes descendus jusqu'à la salle de restauration, où il m'invita à m'asseoir à une table, pendant qu'il allait en cuisine. J'en profitai pour prendre mon carnet de notes afin de coucher sur papier mes impressions sur cette visite, et je posai Tilou sur la table car il prenait un peu trop de place dans mon sac. Je finis par trouver mon stylo.

- Bon, tu as vu, je suis irréprochable... lança Tilou.
- Hmm hmm.

Je notai mes impressions et quelques détails de décoration à rappeler dans mon article.

- Hey ! Tu n'as qu'à m'ignorer ! pesta Tilou.
- Mais je suis occupée ! Et puis tu n'es pas si irréprochable que ça, tu as bien failli nous faire prendre tout à l'heure !

En quelques instants, Yann revint des cuisines avec un plateau garni des incontournables jambon de Bayonne, saucisse sèche au piment d'Espelette, chorizo, le tout assorti d'un bon melon bien juteux.

- Je te dérange, tu es au téléphone ? me demanda Yann, interloqué de me voir parler toute seule.
- Heu... non, ne t'en fais pas, je me parle à moi-même, tu sais pour mes articles, je lance mes idées à voix haute !
- Ah, OK... Alors, que dis-tu de ça ?

Tout fier, il me présenta son assiette d'assortiments.

- On va se régaler, dit-il. Tiens, c'est quoi cette peluche ? Elle est toute mignonne, mais je ne savais pas que tu étais en période de régression, me taquina Yann.
- IL !!!! Pas ELLE !!! pesta Tilou pendant que je le rangeais dans mon sac à main.
- Chut ! lançai-je spontanément.

Yann nous servit de la sangria faite maison, et, amusé, il prit mon "chut" pour une réponse à sa petite pique verbale.

- Je l'ai trouvée abandonnée dans la rue, et elle est tellement craquante que je l'ai prise avec moi !
- CRAQUANT ! PAS CRAQUANTE !!! cria Tilou.

Nous avons trinqué à nos retrouvailles et à son "bébé".

- Tchin ma belle ! A nous, à ta peluche, et à l'Etcheona ! C'est maintenant mon hôtel préféré. Tu verras, ce soir à l'inauguration, on va tout déchirer, j'ai même invité le maire de la ville.
- Oh pardon, Môsieur vise les hautes sphères ! le taquinai-je.
- Oui d'ailleurs, à ce sujet, je suis un peu ennuyé par ce que je vais te demander, mais j'ai besoin d'un service...
- Oui, quoi ? Tu veux que je te donne un coup de main au niveau de l'accueil ?
- Hmmm, on peut dire ça... en fait, j'ai besoin d'une petite amie pour la soirée, souffla Yann.

Dans mon sac, une petite voix persifla :

- Y en a qui sont pas gênés !
- Ah d'accord, t'es comme ça, toi ?! lui répondis-je, amusée.
- Ben en fait, je pense que notre maire Monsieur PEYO n'est pas très à l'aise avec les couples de même sexe. Tu sais, à 73 ans, il doit être un peu "vieux jeu". Moi je pense qu'il ne dirait rien, mais Max m'a dit que si le maire est là, il préfère être discret à notre sujet.

- Mais oui, ne t'en fais pas, pour vous, je jouerai le jeu. Il est où d'ailleurs, Max ? Je ne l'ai pas vu à la villa tout à l'heure.
- Il est sur l'hôtel de Biarritz, il nous rejoindra ce soir. Alors, tu veux bien jouer ma compagne d'une soirée ?
- Mais oui, avec plaisir ! Ça promet d'être amusant. Vivement ce soir !
- Génial ! Merci ma Julie ! Tiens, justement il m'a envoyé un SMS. Je vais le rappeler et lui annoncer. Je reviens dans quelques minutes.

Pendant ce temps, je fis dépasser la tête de Tilou de mon sac et le réprimandai :

- Tu veux bien t'arrêter, s'il te plaît ?!
- Quoi ?? demanda-t-il.
- De pester depuis mon sac, ça me perturbe !
- Mais je n'y peux rien si tes amis sont perturbés ! Tu as vu ce qu'il te demande ?! s'exclama Tilou.
- Mais ce n'est rien, je le connais bien. Pas de quoi en faire un drame. Et puis, si tu veux assister à la soirée, tu as intérêt à te tenir à carreau !
- Hein ? Ou ça ? Comment tu veux que je tienne sur un carreau ?...

Je levai les yeux au ciel.

- Décidément, tu es comme un enfant, tu

prends tout au pied de la lettre !

- M'enfin, mais je comprends rien à ce que tu racontes ! Tout à l'heure, tu me dis qu'il faut que je tienne sur un carreau, et maintenant les lettres auraient des pieds ? Mais pourquoi pas des bras aussi ! Ouh la la, ma p'tite julie, je ne sais pas ce qu'il t'a fait boire ton copain, mais à mon avis, ça ne te réussit pas !

- OK ! Laisse tomber, Yann revient, alors silence radio !

- Mais on n'a pas de radio !

Sur ce, je lui enfonçai la tête dans mon sac, et accueillit Yann avec un grand sourire.

Après avoir prévenu Max que je serai sa cavalière le temps de l'inauguration de ce soir, Yann revint le sourire aux lèvres, et nous avons continué la dégustation. Et pendant que nous nous régalions, Yann me demanda :

- Mais dis-moi, qu'est-ce que c'est VRAIMENT ton histoire avec cette peluche ?...

Yann n'était pas dupe, il avait remarqué que je parlais toute seule, et pas seulement pour énoncer à voix haute le texte de mon article.

- Si tu savais, tu me prendrais pour une folle.

- Et alors, tu me connais, je te connais... On

se connaît quoi ! Vas-y ma p'tite Julie. De toute façon, je te prends déjà pour une folle...

Silence perplexe.

- Je plaisante ! Allez, raconte ! dit-il avec son sourire moqueur que j'aime tant.
- Bon, en fait, hier j'étais à Bordeaux, je sortais d'un rendez-vous avec le propriétaire d'un restaurant, un odieux personnage qui traite ses employés comme des... Roooh il m'agace ce type ! Enfin bref, il est très copain avec ma patronne, elle m'a donc demandé d'écrire un article sur son restaurant : "Pas besoin d'y manger, juste tu y vas, tu papotes deux secondes avec mon ami et bim, tu me ponds l'article du siècle...". Tu vois le genre ?
- Ouais, je vois...
- Bon, donc je sors de ce rendez-vous tellement agréable que j'avais besoin de me défouler un peu, et donc je marche sur les quais, une petite balade qui m'a aidée à m'apaiser. Et là, au niveau de l'arrêt de tram de la Place de la Bourse, je vois cette peluche par terre près des rails, qu'un enfant avait fait tomber.
- Oh le pauvre loulou...
- C'est clair. Alors je l'ai prise dans mes

mains, j'ai regardé s'il y avait une étiquette avec un nom, et j'ai pu lire "Nathan PAV... - Tilou". Par contre, après le "PAV...", le reste est illisible.

- Bon, donc tu t'es trouvé un nouveau doudou ! dit Yann, amusé.
- Mais nan, t'es bête ! Je dois rendre Tilou au petit Nathan !
- Ouh la, mais c'est que tu t'es investie d'une mission !
- Oui, justement : je ne sais pas comment, ni pourquoi, j'ai eu une irrésistible envie de lui parler. Je me suis vue comme dans un film : *"Les aventures de Tilou. Avec son acolyte Julie, retrouveront-ils Nathan et sa famille ? "* Tu vois le genre, quoi ?
- Ah OK...! Vas-y, reprends de la sangria. Elle n'est pas magique, ma sangria ? répliqua Yann en souriant.
- Délicieuse oui, tu l'as vraiment bien réussie.

Deux secondes de réflexion.

- Hey... ! Mais je ne suis pas bourrée ! m'exclamai-je.
- Merci pour le compliment. Et, tout va bien, je te taquine. Mais bon, un peu quand même, hein ? Bon, et qu'est-ce que tu comptes faire ?
- Ouais ouais...

- Allez, fais pas ta rabat-joie, continue, je t'écoute ! m'encouragea Yann.

- Ben en fait, je ne savais pas trop quoi faire, ni par où commencer, mais j'avais vu de loin la peluche tomber du sac du petit au moment où il traversait, puis il est monté dans le tram. J'ai d'abord essayé de retrouver la rame car il y avait un graffiti bien reconnaissable à l'arrière.

- Heu... tu lui as couru après, telle Wonderwoman ? m'interrompit Yann qui semblait s'intéresser de plus en plus à mon histoire.

- Non, j'ai pris un VCUB ! Puis en rentrant chez moi...

- Et alors, tu l'as rattrapé ton tram ?

- Ah oui, non.

- Oui ou non ?! s'exclama Yann.

- Non, enfin oui, j'ai parlé au conducteur, mais il n'avait pas de souvenir d'un enfant en pleurs après avoir perdu son doudou. Et puis, le petit n'avait peut-être pas encore réalisé qu'il l'avait perdu.

- Oui, c'est vrai. Bon, et ensuite ? m'interrogea Yann.

Que Yann m'écoute avec autant d'attention me faisait plaisir, et maintenant que j'étais lancée, je ne m'arrêtais plus.

- Ensuite je repartis vers chez moi, me demandant dans quel hôtel ils avaient bien pu descendre. En arrivant à hauteur du Grand hôtel Le Régent, il m'a dit que c'était là qu…

Oh la gaffe ! Vite trouver une parade, une excuse n'importe quoi, sinon je me fais interner !

- Tu étais avec quelqu'un pendant tes recherches ?
- Non, pourquoi ?
- Ben tu viens de dire : "IL" m'a dit…
- Mais mon ptit doigt, bien sûr ! répliquai-je sur le ton de l'humour.
- Hmm hmm. Et donc ?

Ouf, boulette interceptée.

- Donc le déclic en voyant le Grand Hôtel, je ne sais pas pourquoi, je les imaginais ici.
- Heu, tu les surestimes peut-être un peu concernant leur budget hébergement, non ? Ce n'est pas le moins cher de Bordeaux !
- Oui, je sais mais étant donné qu'ils voyagent très régulièrement, je me suis dit que le père devait avoir un métier qui nécessite tous ces déplacements, et qu'il devait donc avoir la paie qui va avec.
- Mais, comment tu peux savoir que le père voyage beaucoup pour son boulot ? me demanda Yann, perplexe.

Re-boulette ! C'est pas possible !

- J'ai supposé. Et là, bingo. Mais le maître d'hôtel était du genre très coopératif, si tu vois ce que je veux dire.

A ma grimace, Yann comprit que c'était ironique.

- Heureusement pour moi, le petit portier, lui, a bien vu que j'étais un peu désespérée, et m'a donné un tuyau.
- Ah cool, c'est quoi ?
- Il m'a informée vite fait, avant que son patron ne le voie, que la petite famille était partie le jour-même pour l'Entre-deux-Mers.
- Ah, au moins c'est une bonne piste. Donc si j'ai bien compris, tu t'es mis en tête de les retrouver toi-même. Mais, tu te rends compte que c'est vaste l'Entre-deux-Mers ?
- Oui, je sais... et par acquis de conscience, j'ai appelé les Objets Trouvés, mais rien non plus.
- Heu... pourquoi les Objets Trouvés ? Tu l'as trouvé ton objet ?!
- Pour m'assurer que personne n'ait laissé ses coordonnées.
- Ah, t'es une p'tite maline, toi !
- Merci ! souriai-je.
- De rien, me répondit Yann avec bienveillance. En tout cas, quelle histoire !

Tu as besoin d'un coup de main ?

- Oh tu es gentil ! Eh bien, si tu me trouves le nom du gars, ça m'arrangerait ! Mais avec ou sans son nom, je suis bien décidée : j'irai dès lundi matin dans l'Entre-deux-Mers.

- Et ta patronne ne va pas te faire un Flamby ?

- Tu me connais, j'ai de bons arguments : Saint-Emilion a toujours des hôtels et des restaurants à noter. J'en profiterai pour faire quelques visites sympas. En plus, j'adore les voyages et l'aventure !

Sur cette phrase qui marqua la fin de mon "roman", nous nous levâmes et j'aidai Yann à débarrasser la table pour laisser la salle impeccable pour ce soir.

Il posa une main sur mon épaule et déposa une bise sur ma joue. Il avait apprécié que je me confie à lui.

- Alors, tu as encore faim ?

- Oui, un petit peu, avouai-je.

- Ah très bien, comme je te disais, j'ai un restaurant que j'affectionne particulièrement : c'est un pote qui gère la salle, sa bonne humeur te donnera envie de revenir. C'est une petite pizzeria du Port-Vieux de Biarritz avec une vue splendide sur le Rocher de la Vierge.

-    Allez, je te suis !

6 - Le quartier du Port-Vieux, si pittoresque

JULIE

Nous avons donc repris la voiture, direction Biarritz. Même si elle n'avait aucun charme, l'autoroute nous faisait gagner beaucoup de temps car toutes les routes de bord de mer étaient impraticables en cette période estivale. Une fois, j'avais oublié de supprimer l'option "éviter les péages" sur mon GPS, et je m'y étais retrouvée coincée. Ah c'était beau et pittoresque, vallonné et charmant, mais adieu timing d'une journée organisée avec des horaires à respecter...

En une vingtaine de minutes, nous sommes arrivés à Biarritz dans le quartier du Port-Vieux. C'est un endroit magnifique et insolite : une crique dans la ville.

-   Voilà pourquoi je reviens si souvent à

Biarritz. Cette partie de la ville est vraiment surprenante ! dis-je.

- Je sais, c'est pour cela que nous nous sommes installés ici avec Max.
- C'est vrai que vous étiez sur Bordeaux... j'aimais bien votre bar lounge.
- Eh oui, nous aussi... mais souviens-toi, avec la crise, la nouvelle loi sur la fermeture d'établissements à 2 heures du matin, notre chiffre d'affaires faisait grise mine. Alors nous avons décidé d'aller voir ailleurs, pour repartir de zéro, et c'est tombé ici. Max adorait le Pays Basque, et nous avions pas mal de contacts pros et amicaux dans le coin, donc ça n'a pas été bien compliqué.
- Oui, je me souviens quand vous avez pris cette décision, ça m'a fait tout drôle que vous partiez.

Nous arrivâmes au restaurant recommandé par Yann, et nous nous fîmes accueillir par les éclats du Sud-Ouest de la France :

- Ah ! Yannou, mon ami ! Ça me fait tellement plaisir de te voir !
- Arrête de m'appeler Yannou, râla Yann.
- Je sais que tu détestes ça, mais j'adore te taquiner. Mais, que vois-je ?... Tu as changé de bord avant les vacances ? Et Max, il est au courant ? Goujat.

- Bon, tu as fini avec tes questions / réponses ? C'est une amie qui nous vient de Bordeaux, elle s'app...
- Alors, ça veut dire qu'elle est libre ? Le coupa Monsieur Gros Lourd. Oh Mademoiselle, je manque à tous mes devoirs, je me présente : Eneko, je suis votre homme.
- Moi aussi je suis votre homme, répliquai-je sur un ton masculin. Je me présente : Julio.
- Comment, comment !? Oh, mais en plus elle a de l'humour, j'adoooore ça !

Je fis les gros yeux à Yann, et j'entendais des répliques amusées sortir du fond de mon sac...

- Allez Don Juan, t'as fini ? Donne-nous ta meilleure table avec vue, lui lança Yann pour couper court à son petit jeu.
- Pas de problème, pour cette jolie Julietta, je ferais vider le restaurant s'il le fallait.

Ouh la, il était un peu lourd celui-là, mais bon, pas méchant. Eneko, un prénom basque qui pour le coup collait parfaitement à la personnalité du bonhomme.

En général, les Eneko sont plutôt charmeurs, mais lui était plutôt excentriquement charmeur.

Après l'euphorie des retrouvailles et des présentations, Eneko retrouva son professionnalisme, il nous apporta la carte accompagnée de deux verres de Sangria maison. Un peu gênée à l'idée qu'il ne reparte dans sa folie charmeuse, je lui lançai un discret merci. Yann, me connaissant bien, me dit :

- Ne sois pas sur tes gardes avec lui, il fait ça à toutes les jolies filles comme toi, mais ce vieux fou est marié, avec trois enfants.
- Je t'entends... c'est qui le vieux fou ?! s'exclama Eneko.
- C'est toi, et je vais tout dire à Elena si tu continues.
- Non, non, elle va encore me faire dormir sur le canapé ! Tu sais bien qu'il a mille ans ce canapé...
- Alors arrête d'importuner les jeunes femmes ! D'ailleurs je suis étonné que tu n'aies pas encore le dos complètement bloqué, depuis le temps que tu dors sur ce canapé...

Le regard complice, les deux compères partirent dans un fou rire communicatif. Ça promettait un repas animé...

Tout en regardant la carte, Yann me demanda quelle pizza je souhaitais manger. Je déclinai cette proposition, car avec toute la charcuterie que l'on avait ingurgitée avant de venir, je savais que je n'avais plus de place pour une pizza entière.

- Je vais plutôt prendre une salade, ça suffira à mon estomac.
- Ne t'inquiète pas, fais-moi confiance. Quelle est la pizza qui te plairait dans leur menu ?
- Eh bien, celle avec les ananas.
- Super, Enek', viens-là s'il te plaît.
- Oui Mr Yannou, que puis-je faire pour vous être agréable ? lança Eneko sur le ton de la plaisanterie.
- Que vous arrêtiez de m'affliger de ce surnom ridicule Mr Le Fanfaron ! pesta Yann.
- Ah la la ces hommes, de vrais susceptibles ! répondit-il en me regardant avec un air entendu.
- Bon, nous voulions commander, nous ne sommes pas là en touristes, monsieur. Deux menus duo salade / pizza, s'il te plaît. Pour Julie, ce sera une à l'ananas, et pour moi, au chorizo. Avec l'œuf, hein !
- Mais bien sûr, sans l'oeuf ce serait sacrilège ! plaisanta Eneko.
- Et tu nous remettras un petit pichet de ta sangria, please.
- Parfait, très bon choix, je vous envoie ça de suite.

-    Merci, tu es un frère.

Les assiettes arrivèrent rapidement, moitié salade composée et moitié pizza, un vrai régal.
Pendant le repas, j'en profitai pour faire un briefing avec Yann sur l'inauguration du soir.
Car pas question de faire de gaffes cette fois, pensai-je en regardant vers mon sac à main.
D'ailleurs, ça faisait un petit moment qu'il ne m'avait pas parlé... Tilou, pas mon sac à main !

7 - Inauguration en grande pompe

JULIE

Notre discussion fut animée, entre sourires et fous-rires, entrecoupée par les interventions d'Eneko qui aurait aimé être à table avec nous et prendre part à notre conversation conviviale.

La pizzeria était très agréable et participait à la bonne ambiance de notre repas, le décor, l'atmosphère et la carte, faisaient très bord de mer. De plus, cette vue sur la plage en contrebas et sur le Rocher de la Vierge un peu plus loin, sublimaient le repas.
Pour finir en beauté, un café gourmand bien garni, comme je les aime. On aurait dit qu'ils savaient que j'étais gourmande... En fait, je n'avais plus vraiment faim, mais tant pis !
Yann se retourna et lança à un cuisinier derrière le bar :

- Bravo Chef, comme d'habitude, c'était délicieux !
- Merci ! répondit le bonhomme jovial.

Cette pizzeria était très chaleureuse, de par son décor, mais aussi du fait que le pizzaïolo était placé près du bar, et au moins on pouvait voir que les pizzas étaient bien faites maison.

Après ce bon repas riche en papotage, Yann me proposa d'aller faire un petit tour sur le Rocher de la Vierge. Ce que j'acceptai avec plaisir : quoi de mieux qu'une magnifique balade digestive avec un temps pareil ?

- Ma Julie, tu vas voir, ça va être super l'inauguration de ce soir. Pour le reste de ton séjour et pour épater ta patronne, je te propose demain une nouvelle visite : celle de mon second hôtel. Celui qui se trouve au cœur de Biarritz. Tu vas voir, j'ai fait un gros coup.
- Ah, j'ai hâte de voir ça ! Déjà que tout à l'heure l'hôtel était parfait, je me demande ce que tu me réserves !

J'humais l'air marin et laissais aller mon regard vers la crique.

- C'est si beau, ici. Ça fait plus de cinq ans que

je ne suis pas venue dans cette partie de la
ville.

- Mais tu sais que "mi casa e su casa". Tu
viens quand tu veux.
- T'es mignon, oui je sais, merci Yann. Mais
fais gaffe, je te prends au mot !

Nous passions vraiment un bon moment. Mais
soudain, je fus prise de panique.

- Dis-moi Yann, ce soir, il faut être bien
habillé, ou bien c'est l'esprit vacances qui
prime ?

Je connaissais déjà la réponse...

- Euh... non, bien habillé, c'est mieux,
j'aimerais faire bonne impression.
- Alors on a un problème. Tu ne m'avais rien
dit, et le souci c'est que je n'ai pris qu'une
robe d'été et ce que j'ai sur moi.
- Ah oui, c'est un problème, mais j'ai la
solution ! Allez viens, je t'emmène chez une
amie qui tient une boutique de vêtements
féminins, je suis sûr qu'elle va nous trouver
une petite robe qui t'ira à la perfection.
- Super, alors je m'en remets à toi ! Allez, go !

Nous partîmes à pied pour rejoindre la fameuse
boutique qui, par chance, se trouvait dans l'une
des petites rues commerçantes du Port-Vieux, à

300 mètres du restaurant. Une petite boutique chaleureuse, mix entre boutique de souvenirs et de prêt-à-porter féminin. Yann connaissait bien la propriétaire, il se sentait à l'aise et me proposait des robes très moches en me certifiant que c'était la mode. Je ne me gênais pas pour lui faire savoir que ses goûts étaient un peu des goûts d'un autre âge, et qu'il ferait mieux d'aller discuter avec son amie au lieu d'essayer de jouer les stylistes. Ah ces hommes, quoi qu'ils fassent, ils ne comprendront jamais vraiment les femmes. Quoique, j'oublie Jean-Paul Gauthier...

- Heureusement pour toi que tu as beaucoup plus de jugeote dans tes choix professionnels ! lui lançai-je, espiègle.
- Oh dis donc ! s'indigna-t-il, avec un sourire complice et amusé.

Après quelques minutes de recherches, je tombai sur une petite robe trop jolie. Je filai l'essayer et ressortis demander l'avis de l'assistance :

- Alors, qu'en pensez-vous ? lançai-je.
- Tu es magnifique ! s'exclama Yann de bon coeur.
- Cette robe est faite pour vous, mademoiselle, confirma la vendeuse.
- Vous trouvez ? Ça ne fait pas un peu trop... ? questionnai-je.

Noire avec de jolies touches de couleur, d'originales formes abstraites teintées de fushia, blanc et vert, je l'adorais mais je craignais que ça ne fasse trop... visible !

-   Tu plaisantes, elle te va à ravir ! Allez hop, Véro, combien je te dois ?
-   Ah non, qu'est-ce que tu fais Yann ? l'interrompis-je.
-   C'est moi qui te l'offre. C'est pour l'inauguration qu'on est là. Ne discute pas.
-   Certes, mais c'est vraiment trop gentil.

Alors ça, je ne m'y attendais pas. Yann a plein de qualités, et en plus, c'est un homme au grand cœur.

J'étais donc parée pour la soirée d'inauguration, qui promettait d'être riche en rencontres.

8 - Pause détente près de la piscine

JULIE

Après cette belle balade, il était temps de se poser :
retour à la villa de Yann afin d'y passer une heure
ou deux. Sa villa était si tranquille et bien décorée,
que la piscine bordée de fleurs et le palmier au
fond du jardin faisaient oublier le tumulte de la
ville.
Nous étions tout de même à Biarritz en plein mois
de Juillet !

Yann partit à son hôtel pour peaufiner les
préparatifs de l'inauguration, en me laissant la
villa pour moi toute seule. Le temps de me
détendre un peu, et de travailler, un peu aussi
quand même...
Ah... ne rien faire, le plaisir de ne rien avoir à faire
le temps de quelques instants. Je pris donc une
petite heure rien qu'à moi. J'avais tellement envie

de tester la piscine, en plus le thermomètre indiquait 28 degrés, ce qui arrangeait bien mes affaires moi qui suis "légèrement" frileuse. Je fis quelques longueurs. Pas trop quand même. Je me laissais aller à me prendre pour une sirène en faisant quelques brasses coulées.

Après ces instants de détente aquatique, je goûtai aux joies du farniente en espérant parfaire mon bronzage, ou plutôt mon hâle... Quel bonheur de se poser, sans que les obligations du travail, de la famille ou des amis ne prennent le pas sur soi. Mais je n'étais pas si seule ! Tilou était avec moi et j'en profitai pour prendre quelques photos de lui près de cette somptueuse piscine : ça ferait un super souvenir pour le petit Nathan.
Allez, assez rêvassé, c'est l'heure de retourner à mon travail.
Je me remis donc à mon article car je n'étais pas là en vacances. Ma mission principale était d'écrire un article sur les hôtels de Yann, et tant qu'à faire sur le restaurant d'Eneko.
" Vous cherchez un hôtel, un restaurant sympa ?
Vous n'avez sûrement que l'embarras du choix,
mais lequel sera le bon...?
Pour le savoir, je vous emmène à Saint Jean-de-Luz, jolie ville de pêcheurs.
J'ai testé et approuvé l'hôtel Etcheona :

Une bâtisse typiquement basque du sol au plafond, en passant par le gérant ! Cet hôtel ne vous laissera pas de marbre. Il a le cachet que l'on recherche lorsque l'on souhaite un hébergement au Pays Basque.

Bien situé, au coeur de la ville, il vous donnera l'impression de vivre chez l'habitant, grâce à sa décoration réalisée par une professionnelle locale qui a savamment su allier couleurs et modernité, tradition et originalité. Le bâtiment, bien qu'il soit du 19ème siècle, a été entièrement rénové, et vous serez séduit par sa beauté et... "

Hou la... Soudain, mon téléphone sonna. C'était ma directrice.

Je n'aime pas être coupée dans mon élan comme ça !

> - Allô, Julie ?!
> - Oui, bonjour madame Richard...
> - J'aimerais savoir où vous êtes.
> - Eh bien, je...
> - Vous savez que vous travaillez pour moi ?
> - Oui madame, bien évid...
> - Alors, vous faites quoi, là ?

Incroyable, on ne pouvait jamais en placer une avec elle !

Et, oups, j'avais omis de prévenir ma patronne de mes projets basques...

Allez, quand faut se lancer, faut se lancer !

- Je suis sur Biarritz.

- Biarritz ?

- Eh bien oui, je vous en avais parlé, souvenez-vous.

- Ah oui ? Je ne m'en rappelle pas.

- Mais si, lorsque je devais me rendre chez votre ami et restaurateur l'autre jour, je vous ai dit d'accord pour cette date, car après je ne serai pas sur Bordeaux pendant deux ou trois jours.

- Ah, peut-être... Et vous faites quoi à... Biarritz ?

- Mon travail, madame.

- C'est-à-dire ?

Je sentais qu'elle commençait à s'impatienter.

- Je travaille sur des articles au sujet d'un restaurant et deux hôtels.

- Ah oui ? Bon, très bien. Je ne vous paie pas à rien faire, vous le savez...

- Mais j'en suis consciente madame, et jusqu'à présent, je pense n'avoir rien fait pour vous décevoir.

Et toc !

- Hmmm, je les veux lundi matin sur mon bureau, vos articles.

- Aucun souc...

Et elle raccrocha. Ah la la, elle était d'une impatience... et d'une amabilité !

Si on l'écoutait, il n'y a qu'elle qui travaille sur cette planète. Nous étions quatre salariés, et c'était un miracle que personne n'ait perdu la boule. Bon, grâce à elle, j'avais perdu le fil de mon article. Bravo.

Pour la peine, je retournai piquer une tête dans la piscine. Ça me détendrait.

9 - Inauguration imminente à Saint Jean-de-Luz

JULIE

Le moment tant attendu par Yann et ses collaborateurs arrivait à grands pas. Nous avions trouvé ma robe pour ce soir, il avait peaufiné son discours, préparé son costume, le traiteur était sur le point d'arriver, il n'y avait plus qu'à s'assurer que le service de voituriers serait à l'heure.

En effet, se garer dans cette jolie ville de St Jean-de-Luz relevait du parcours du combattant en période estivale, alors avec un évènement en plus, c'était peine perdue.

L'hôtel possédait un parking, mais qui serait insuffisant pour ce soir.

De mon côté, j'avais fait une petite pause fort agréable ; du moins jusqu'à l'appel de ma patronne.

18h00 : il était temps que je rejoigne Yann afin de

l'aider dans ses derniers préparatifs, et faire la mise au point de son plan par rapport à Monsieur le Maire. J'adorais ça, je me prenais pour une actrice en place pour le grand spectacle ! Bon, je m'égare, là !

Je retournai donc à l'hôtel de Saint Jean-de-Luz pour terminer les derniers préparatifs.

Je regardai sur mon portable le meilleur itinéraire : grâce à ces applis, plus besoin de se soucier de la circulation, elles vous indiquent les endroits bloqués et vous dirigent où il faut. Bon, par contre, en cas de réseau insuffisant, il faut se fier à son sens de l'orientation, ce qui n'est pas gagné avec moi !

Je décidai donc de prendre la route principale passant par Bidart. Je sortis de Biarritz sans encombre, jusqu'à ce que je sois arrêtée par un énorme bouchon. Et alors que j'avais 30 minutes d'avance, je sentais que j'aurais 1 heure de retard. Il fallait réagir. Je pris la première rue sur ma gauche afin de faire demi-tour, et je filai reprendre l'autoroute. Certes, c'est payant, mais 1h30 pour faire 10 kilomètres, ce n'était pas acceptable.

Après cet épisode routier, j'arrivai finalement à l'heure à l'hôtel. J'entrai d'un pas léger, élégamment habillée, et chaussée de petits escarpins assortis à ma tenue (heureusement, j'en avais oublié une paire dans ma voiture après une sortie deux mois plus tôt, et en noir, le passe-partout !) quand je vis la cohue. Tout le monde était en panique. Yann montait visiblement en stress, et hurlait sur le premier qui arrivait. Je décidai de prendre les choses en mains :

- Yann, dans mon bureau, tout de suite.
- Quoi ?! Mais qu'est-ce que tu racontes, tu ne travailles même pas ici !
- OK. Alors, Yann dans TON bureau, tout de suite !
- Oh oh, c'est bon, j'arrive.

J'entrai dans son bureau la première, il me suivit, visiblement pas très ravi.

- Qu'est-ce que tu viens me déranger à 2h du coup d'envoi ? Tu es folle ou quoi ?! En plus devant tous mes employés !
- Mais tu t'es vu ? Tu es une bête enragée. Enfin, façon de parler bien sûr. Mais tu as vu comment tu leur parles, on dirait ma patronne ?!
- Et alors ?! Il faut que ça avance !
- Oui, mais il y a d'autres méthodes. Commence par donner des tâches précises à tout le monde. Et avec un "s'il vous plaît", ça n'a jamais fait de mal à personne et ça fonctionne beaucoup mieux, tu verras. Et

calme-toi. Ce n'est pas la première fois pourtant que tu inaugures un hôtel... Tu es tout en stress, et c'est communicatif.

Quelques secondes de silence.

- Oui... oui, tu as raison. Mais là je veux tant que tout soit parfait.
- Et c'est déjà le cas, tout va bien. Relativise, et pense par étape, tu as déjà tout planifié, donc tout ira bien, le rassurai-je.
- Oui, OK. Mais... et toi là, comment tu m'as parlé ?!
- Eh bien oui, je suis ta petite amie pour ce soir après tout : qui porte la culotte dans la famille ?! C'est moi ! dis-je d'un ton espiègle.

Mon sourire moqueur a eu un effet décontractant sur l'état de stress de Yann.

- Ah la la, tu m'avais manqué ! lança mon ami. Allez, c'est parti, je me reprends. Merci ma chérie !
- De quoi ?
- D'être là et d'être toi.

Oh, il avait le chic pour me mettre la larme à l'oeil celui-là.

- T'es chou mon Yann. Allez, go !

En ouvrant la porte, Yann me lança un regard reconnaissant. Il appela tout son personnel et prit la parole :

-   Tout d'abord, je tiens à vous dire combien je suis reconnaissant de vous avoir à mes côtés pour cette inauguration. Vous le savez, elle est importante pour l'avenir de l'hôtel. Vous avez pu constater que j'étais un peu stressé et du coup, je m'aperçois que je vous ai transmis ce stress. Rien de grave, je me rends compte que nous sommes tous ensemble pour préparer cette soirée, et nous allons être plus efficaces que jamais. Je vais attribuer une tâche à chacun. Dès que l'un d'entre vous a terminé son activité, vous devez voir avec vos collègues s'ils ont besoin d'aide pour finir la leur. Puis j'attribuerai une nouvelle tâche à chacun. C'est ensemble que nous y arriverons. Merci à vous.

Après ce petit discours, Yann vint me trouver :

-   Alors ?... Je n'en ai pas fait un peu trop ?
-   Non... penses-tu ! Pas un peu trop, tu en as fait des tonnes. On aurait dit un entraîneur de football à la mi-temps encourageant son équipe menée 3 à 0 en leur disant qu'ils pouvaient encore gagner.
-   Ah, OK, je vois, sympa la fille...
-   Allez, je te taquine, c'était parfait, tu étais encourageant et pro. Nickel.
-   Bon, alors ça va. Allez allez, on bavarde,

mais on a du boulot ! dit Yann en s'éloignant.

Au bout d'1h30 de mise en place sur un rythme de folie, nous étions fin prêts pour l'inauguration. Il ne manquait plus que les convives. Il nous restait une petite demi-heure, et Monsieur Le Directeur Yann demanda un rassemblement à son équipe.

- Merci à tous. Nous y sommes arrivés, nous pouvons accueillir nos invités comme il se doit. En revanche, j'ai une dernière directive à vous soumettre, vous connaissez maintenant Julie. Elle est une très bonne amie à Max et moi. Je lui ai demandé d'endosser le rôle de ma petite amie pour ne pas heurter les anciens qui seront présents, comme Monsieur le Maire par exemple. Je compte donc sur vous pour jouer le jeu. Traitez-la comme si elle faisait partie de la direction comme moi.
- Enfin, comme une de tes conquêtes plutôt ! souriai-je.

Le discours fut moyen, mais au moins ma petite phrase avait détendu l'atmosphère, elle avait fait sourire toute son équipe. J'étais contente de moi.

- Ce sera tout. Prenez une petite pause avant le coup de feu.

J'étais déjà sur les rotules avant même que la

soirée ne commence. J'avais les pieds en compote.
Il faut dire que je m'étais préparée pour la soirée,
et garder mes chaussures à talons pour déambuler
à droite et à gauche dans tout l'hôtel, quelle idiote !
J'aurais dû me mettre pieds nus pour les
préparatifs.
Maintenant c'était trop tard, je n'avais qu'à y
penser avant !
Tiens, Tilou était bien calme bizarrement, comme
s'il sentait qu'il ne devait pas trop la ramener face
à tant d'agitation. Si ça pouvait continuer, ça
m'arrangerait.

10 - Une soirée inoubliable

Nous étions prêts, les petits plats étaient bien dans les grands. Le trac pouvait se lire sur le visage de Yann. Il en était même un peu pâle. Soudain, les premiers invités arrivèrent. Des bonsoirs par-ci, des bienvenues par-là. Les convives arrivèrent de façon dispersée sur plus d'une heure. Je m'amusais pendant cette heure à regarder le visage de Yann reprendre des couleurs. Car il faut dire qu'il était plutôt blafard à 20h10 lorsqu'il n'y eut que quatre ou cinq invités pour passer la porte de l'hôtel. Mais petit à petit, le monde arriva, et même le maire était venu.

- Ah ! Monsieur le Maire, vous êtes venu ! J'en suis heureux.
- Bien sûr, je n'ai qu'une parole.
- Laissez-moi vous présenter mon amie, Julie.

- Oh ! Enchanté mademoiselle. Vous égayez cette soirée qui m'a l'air des plus réussies.

Quel charmeur...

- Enchantée également Monsieur, répondis-je discrètement.
- Alors Monsieur Yarik, c'est un bel établissement que nous avons là.
- Oh, merci Monsieur le Maire !
- Je me souviens comme ce bâtiment était fatigué il y a quelques mois.
- Oui ! Il est sûr que j'y ai mis tout mon cœur.
- Eh bien je vous félicite !

Le maire semblait emballé et ça faisait plaisir à voir.

- Vous savez, c'est le travail d'une équipe, continua Yann. Mon ami Max Torin m'a beaucoup aidé.
- Ah oui, c'est important les amis, surtout quand ils vous aiment...
- Qu..., comment... ?
- Ne rougissez pas mon ami, je vous suis depuis un moment par le biais de la presse locale, mais aussi grâce au fameux bouche-à-oreille.
- Heu... Mais Max est un...
- Vous savez, je suis moins vieux jeu que l'opposition veut bien le faire croire.
- Ah oui... Mais...

Yann ne savait plus où se mettre, ni quoi dire.

- Il est vrai que la demoiselle qui se tient à vos côtés est très charmante, mais vous commencez à être connu au Pays Basque. Votre couple est un secret de Polichinelle.
- ...
- Allez Yann, vous permettez que je vous appelle par votre prénom ? Quand allez-vous vous marier avec Max ?
- Heu... Je ne... sais pas. La question n'est pas à l'ordre du jour. Nous en reparlerons.
- Eh bien parlez-en vite, car j'aimerais beaucoup avoir l'honneur de vous unir ! Je vais bientôt prendre ma retraite, et je pense, entre vous et moi, que vous feriez un maire excellent. Croyez-moi.
- Oh, merci Monsieur le Maire, mais...
- Prenez donc rendez-vous avec ma secrétaire, je fonde beaucoup d'espoirs en vous. Il faut que nous en parlions, mais à une autre occasion, ce soir est votre soir ! Et j'ai repéré une vieille connaissance, je vais aller la saluer. A tout à l'heure !

Alors ça ! Ce fut une vraie révélation. Le maire que l'on m'avait présenté comme un vieux grincheux était super cool ! Vous auriez vu la tête de Yann pendant leur discussion, j'étais sur le point d'appeler les secours parce qu'il allait nous faire un malaise. J'entendais Tilou pleurer de rire dans mon sac. Eh oui, j'avais dû l'emmener avec nous. Alors lui, quand il fait sa grosse voix, même ma patronne ne lui arrive pas à la cheville. Il me supplia au début, mais après, c'était un vrai caprice :

- Allez, s'il te plaît, je veux venir avec toi !
- Tu n'y penses pas, qu'est-ce que je ferai de toi là-bas ?
- Tu verras, je serai sage. Allez s'il te plaît !!!
- Non, c'est bon !
- Ah si !
- Non ! Tu vas nous déranger ! Tu vas me perturber en me parlant toute la soirée depuis mon sac !
- Mais non ! Et puis si tu ne m'emmènes pas avec toi à cette inauguration, je te crierai dans les oreilles jusqu'à ce que l'on ait retrouvé Nathan, me défia-t-il.
- Tu n'oseras pas...

Après 5 minutes de torture phonique, puis de mimiques à croquer pour me faire craquer, je finis par céder, et Tilou fut présent ce soir.
Enfin, nous étions tous ravis d'être là, la soirée était une réelle réussite. Max arriva tardivement pour des soucis d'intendance à régler, et fut présenté au maire, tout aussi expansif qu'à son

arrivée.

Oh, il faut que je vous parle du buffet : un kilomètre de tapas au moins ! C'était de la folie. Ils avaient mis le paquet.

Il y avait certains de mes confrères, comme celui de booking.com.
- Tiens, tu es là Johnny ?!
- Ehhh ! Julie ! Qu'est-ce que tu fais là ?
- Yann est un ami, je vais écrire un article sur mon site. Et toi, tu as été invité ?

Connaissant le personnage, je savais qu'il était fort possible qu'il se joigne à la fête sans y avoir été convié.
- Non, mais ce n'est pas grave, j'ai fait du charme à l'hôtesse pour rentrer. Dis-moi, cela fait un moment que nous sommes amis toi et moi...

OK... Absolument pas. Alors lui, il a un service à me demander.
- Cet hôtel est superbe comparé à l'autre. Je souhaite l'avoir dans mon catalogue.
- Comment ça, "superbe comparé à l'autre" ? questionnai-je, étonnée.
- Mais mille fois mieux ! Tu ne savais pas ? Si tu ne l'as pas encore visité, je te souhaite bien du plaisir !

- Si, si… mais il va être rénové prochainement.

Je me gardai bien de lui dire que je ne m'y étais pas encore rendue.

- Ah super, y en a besoin ! Tu pourras parler de moi à Monsieur Yarik s'il te plaît ? Je veux son hôtel sur le site, avec de super prix bien sûr.
- Oui je n'y manquerai pas ! Sois-en sûr.

La nouvelle m'avait surprise, un hôtel d'une telle qualité et un autre médiocre, mais que s'était-il passé ? Bon il ne fallait pas gâcher la fête. On verrait cela demain. En plus, l'ambiance était plus que conviviale, tout le monde discutait et riait ensemble, pas d'anicroches à l'horizon, pas de dérapages dus aux boissons, tout allait pour le mieux.

L'inauguration se termina vers deux heures du matin, les rues de Saint Jean-de-Luz étaient calmes.

Retour à la villa. Dans la voiture, je ne disais rien, Max et Yann faisaient le bilan des nouveaux contacts qu'ils avaient obtenus.

C'était une bonne soirée.

Moi, j'étais plutôt lasse de cette journée ô combien remplie.

Je m'écroulai sur mon lit une fois arrivée, j'eus à

peine le courage de me brosser les dents.

Tilou, lui, était en pleine forme.

- C'était une super soirée, avec plein de rebondissements. T'as vu la tête de Yann avec le maire, c'était mémorable !

- Tilou, tais-toi ! Je suis crevée...

- Quoi ? Et c'était qui ce type qui parlait de l'autre hôtel de Yann ? Lui aussi, il était amusant. Tu trouves pas ? T'as vu ses cheveux !?

- Oui oui...

Autant Tilou m'avait laissée tranquille durant la soirée, autant là, il se rattrapait.

- Non mais ce mec a la crinière tout ébouriffée. Ça me fait penser à Jojo le lion de Nathan. Il a la même ! A chaque fois que je le vois, je suis mort de rire !

Et Tilou parla, parla, et parla, toute la nuit...

11 - Une journée marathon à Biarritz

JULIE

Tilou se remémora la soirée d'hier toute la nuit, si bien que le lendemain, lorsque je fus réveillée par un de ses éclats de rire, il était encore en train de parler, et moi j'avais la sensation de ne pas avoir récupéré.

- Tu n'as toujours pas fini ton monologue ? m'étonnai-je.
- Non, tu sais quand je me sens seul, je parle avec moi-même, comme ça à un moment donné, je crois que je suis plusieurs.
- Magnifique... Mais je te rassure, tu n'es pas tout seul, et je ne parle pas que de ma présence... Remarque, moi non plus je ne suis pas toute seule dans ma tête : je parle à une peluche !

Après ce bonjour express, je replongeai sous mes draps. Il n'était que 8h05, et ça ne faisait que cinq heures que j'étais couchée. Alors je repartis bien volontiers dans les bras de Morphée pendant deux bonnes heures.

Yann vint me trouver vers 10h pour le petit déjeuner. Au menu : croissants, chocolatines, jus d'oranges fraîchement pressées et café. Tout ça au bord de la piscine. Le bonheur !

- Alors Julie, es-tu prête pour une journée de folie ?
- Oh la oh la ! Déjà hier c'était pas mal, alors laisse-moi souffler un peu ! rigolai-je.
- Oui mais pour ton dernier jour avec nous, je te propose un programme bien rempli.
- Allez ! Je m'en remets à toi, comme d'hab' !
- Super ! En premier, je t'emmène à Bidakids, c'est Benoît qui gère la boutique. C'est vraiment à voir, tu connais ?
- Je crois que j'y suis allée lorsque j'étais petite, mais je n'y suis jamais retournée.
- Tu vas voir, c'est un parc pour enfants. Ils rentrent dans le parc, mais ils n'en repartent jamais.
- Pourquoi, ils enlèvent les enfants là-bas ? le taquinai-je.
- Ah, ah, ah, toujours aussi drôle !
- Mais oui, j'suis une rigolote moi ! plaisantai-je. D'ailleurs, je n'en garde pas de

souvenirs visuels, mais je me rappelle du sentiment de joie que j'avais eu à l'époque où ma grand-mère m'y avait emmenée pour la journée. Et il y a des animaux, je crois.

- Oui c'est ça, tu verras, ça va te rappeler de bons souvenirs, et ils ont investi dans de nouvelles attractions. Ensuite, nous irons à mon hôtel de Biarritz, le Renova. Pour le déjeuner, nous irons manger chez un ami. Il fait de la gastronomie basque.
- Léger, hein ? Je vais devoir courir pendant une semaine pour éliminer toutes les tapas que j'ai englouties hier soir.
- Tiens, bonne idée, je pourrais t'emmener courir sur le...
- Heu... je t'arrête de suite, c'était une boutade, je ne suis pas une grande sportive !
- Ah oui, je vois ! Allez, tu te prépares et on y go ?

La journée allait être effectivement bien remplie. J'avais déjà hâte de me recoucher. Mais le devoir avant tout, et puis en compagnie de Yann, c'était toujours un plaisir. Je retournai dans ma chambre pour me rendre présentable. Tilou m'attendait sagement. Je pensais que j'allais me faire gronder parce que je l'avais laissé dans la chambre, mais non, il restait calme et silencieux. Bizarre.

Quoique, il devait sûrement être exténué d'avoir parlé toute la nuit.

Pour l'heure, il était temps de me secouer : douche rapide, un peu de maquillage, une tenue d'été, et le tour était joué !

12 - Idéal pour retomber en enfance

JULIE

Nous sommes donc partis, direction Bidakids, un parc de loisirs animalier situé dans la petite ville de Bidart. C'était à quinze minutes de la villa de Yann.

Comme convenu, il devait s'entretenir avec le propriétaire des lieux, et pendant ce temps, je pourrais faire un tour dans le parc. Cela me servirait de temps de détente et également de support pour un futur article, si je jugeais la visite intéressante.

- Bonjour Ben, tu vas bien ?
- Ah Yann ! Ça va très bien, et toi ?! Oh, je vois que tu es venu avec une amie, bonjour mademoiselle ! m'accueillit le propriétaire du parc.
- Bonjour, enchantée, lui souriai-je.

- Non, c'est moi ! Pourquoi tu me caches toujours les plus belles de tes copines ? lança-t-il à l'adresse de Yann.

Allez, après Eneko, Benoît !

- Tu sais toujours autant te tenir, ça fait plaisir à voir... Désolée Julie, décidément depuis hier, tu vas croire que je ne fréquente que des Don Juan ! plaisanta-t-il.

J'adressai un clin d'œil à mon ami, ce qui le rassura.

- Veuillez excuser mon style un peu direct. Pour me faire pardonner, je vous invite à visiter le parc, le temps qu'il vous plaira.
- Oui, bonne idée, me dit Yann. Ça te donnera l'occasion de découvrir toutes les merveilles de ce parc. En plus, on va discuter de notre collaboration sur un futur projet. Nous allons définir les termes de notre partenariat. Donc autant que toi tu t'amuses !
- Très bien, je vous laisse... à tout à l'heure !
- Et dites bien à la buvette que ce que vous prendrez vous est offert par mes soins ! me cria Benoît alors que je m'éloignais.
- Ah, c'est gentil, merci ! lui répondis-je.

Je profitai donc de ce temps libre pour découvrir cet endroit, ou plutôt le re-découvrir...

Ce parc était surprenant, ce n'était ni une ferme, ni une fête foraine, ni un trampoline parc, ni une aire de jeu gonflable, ni un parcours d'acrobranche. En fait, c'était tout ça à la fois !
Si tu étais âgé de 6 à 12 ans, tu allais vivre une des meilleures journées de toute ta vie. Je m'amusais à regarder les enfants qui étaient en train de jouer et rigoler. Il y avait tant d'attractions qu'on avait du mal à choisir par laquelle commencer !

- 	Eh bien alors, qu'est-ce que tu attends pour te choisir un manège ?

Ah, mon acolyte se réveillait et retrouvait sa langue ! Ça faisait un moment que Tilou ne m'avait pas adressé la parole. Bon, c'était pas plus mal, mais ça me manquait un peu, j'avoue !

- 	Tu rigoles Tilou, je suis bien trop grande. C'est toi, oui, qui voudrais y aller !
- 	Bien sûr que j'en ai envie ! Emmène-moi ! Je veux faire du manèèège !

Pour commencer, direction le petit train, puis j'accompagnai Tilou dans un bateau pirate dont le mouvement de balançoire était tout simplement... renversant !
Mon cœur avait failli chavirer.
Et Tilou qui criait :

-    Oui ! Plus haut, plus fort ! A l'abordage !!!
Pour finir par se sentir aussi mal que moi...
Pas très fiers à la descente, le Tilou et la Julie !

Me promener dans le parc avec Tilou me faisait retrouver mes 10 ans et j'adorais ça !
En continuant notre visite du parc, vers l'autre extrémité, mon regard fut attiré au loin par un magnifique manège à l'ancienne... Il me rappelait celui de la place Tourny à Bordeaux.
Nous étions entourés d'enfants. Ce manège était superbe, avec ses chevaux de bois, ses carrousels, ses tasses géantes et ses jolies moulures au plafond.

Et soudain, j'entendis :
-    Whouaouuu... ! Un grand petit huit ! Trop cool ! Il faut le faire, il faut le faire, il faut le faire !
Je tournai la tête vers la droite et effectivement, il y avait un immense manège type grand huit (immense, en proportion enfantine bien entendu, mais pas mal pour un adulte malgré tout !). Tellement fascinée par l'ancien manège de bois, je n'avais pas vu le grand huit alors que j'étais passée juste devant !
-    Comment ça ? Tu ne vas pas avoir peur ?!
-    Tu plaisantes ? s'écria Tilou. Je suis un

aventurier moi, je n'ai peur de rien.

- Alors on fait d'abord un tour de manège.
- Hein ? Mais non, d'abord le grand petit huit.
- Non, le manège ou rien.
- Bon, allez, si tu veux...

Résigné, il me suivit. De toute façon, il n'avait pas trop le choix !

- Ah, je te remercie de m'avoir laissée y aller Tilou : ce petit tour de manège, c'est très reposant, j'en avais bien besoin.
- Ah, tu es fatiguée ma Julie ?
- Heu... je te rappelle que tu as parlé toute la nuit...
- C'est vrai, je suis désolé, quand je déprime, je parle, ça me change les idées.

Je me doutais qu'il pensait à Nathan et sa famille.

- Ne t'en fais pas, nous allons les retrouver.

Tout en disant cela, je commençai à actionner le système de rotation du manège. Nous étions confortablement installés dans une tasse géante entre deux chevaux et un carrousel.

Tout en tournant, je fis le point avec Tilou. Avec la musique ambiante et la rotation de la tasse, j'étais en mode concentration / réflexion.

- Alors, mettons sur la table tous les éléments que l'on connaît.
- Heu, "mettons dans la tasse", tu veux dire ?!

Je souris, toujours dans mes pensées. Tilou me fait rire avec ses réflexions terre à terre.

- Oui, c'est ça… Alors, on t'a retrouvé devant le Miroir d'Eau en plein Bordeaux, au moment où ton petit protégé prenait le tram.

J'actionnai encore plus fort la roue de la tasse, nous entraînant toujours plus vite.

- Oui, enfin, va pas trop vite s'il te plaît...
- Oui oui… Donc, tu es tombé du sac à dos de Nathan, et le tram dans lequel lui et sa nounou sont entrés se dirigeait vers la Cité du Vin.

Je poursuivis notre tourbillon musical.

- Nous avons retrouvé la trace de leur passage au Grand Hôtel, mais nous avons quand même cherché aux Objets Trouvés, et si personne ne te recherche, c'est peut-être qu'ils n'ont pas pensé à cet organisme, ou que ton double a été mis en place.
- Oh la… je crois que je vais me sentir mal...
- Je sais, mon pauvre Tilou. Tu sais, les gens font ça pour être sûrs que, si une peluche est perdue ou abîmée, l'enfant ne sera pas trop triste.
- Non, c'est pas ça...

- Mais si, et je comprends. Tu vas voir, dès demain, nous allons faire d'énormes progr...
- Je m'en fiche de mon double ! Arrête de tourner !!! Je vais vomir toute ma mousse ! Stooooop !!!!
- Ah...! Pardon ! Je suis confuse, je ne me suis pas rendu compte que l'on tournait si vite ! Mais...

Je soulevai un sourcil.

- Je ne savais pas qu'une peluche pouvait vomir...
- Mais si ! T'es dure avec moi, tu... tu... tu m'as laissé agoniser !
- Oh tu exagères ! Je croyais que tu réfléchissais avec moi.
- Pourquoi, tu fais une tête comme ça toi, quand tu réfléchis ?!

Je sortis du manège sans dire un mot, et Tilou retrouva vite la forme.

Si bien qu'au bout de quelques secondes, il me rappela ma promesse d'aller sur le "grand petit huit".

Tilou était survolté. Pour ma part, j'étais un peu plus sur la réserve. Cela faisait bien longtemps que je n'étais plus montée dans ce genre d'engin. Il n'était pas très grand, mais juste assez pour de jeunes et de grands enfants. Le circuit était simple, il formait un huit avec une montée lente, une descente plus rapide, et une partie "secousse".

Et c'était parti, le contrôleur de l'attraction attrapa l'un des derniers sièges, et poussa le bolide métallique, enfin les wagonnets quoi.

- C'est trop génial, quel pied, whouhouuu !
- Oui, j'adooore ! avouai-je, totalement enjouée.
- Encore un tour ! cria Tilou à la fin de la première boucle.
- Comment ?!
- Oui, encore un tour !
- Bon... alors le dernier. Yann doit avoir terminé avec son copain.
- Ouuuuuuiiiii !!!

Voilà j'étais trop gentille, il m'avait encore eue. Mais c'était à cause de sa frimousse. Bon, OK, en plus j'adorais cette attraction. Nous étions partis pour un tour supplémentaire, quand soudain, dans la descente, je levai les mains au ciel comme tous nos compagnons de loisirs. Par contre, Tilou, qui était dans mes mains, partit en l'air comme une fusée. C'était le drame, je poussai un cri d'effroi. Le contrôleur ne comprit pas ce qu'il s'était passé, il pensa à une crise d'angoisse ou à un souci avec un enfant, il enclencha les freins d'urgence et accourut tout paniqué.

-   Que se passe-t-il madame ?
-   Hum... rien rien, c'est la peluche de mon...
    fils qui est tombée de mon sac.
-   Votre sac !? La peluche !?
-   Oui, désolée pour le dérangement... mais il
    va falloir que je la récupère. dis-je, toute
    penaude.

J'étais bien gênée, et le contrôleur, qui avait l'air
très gentil avant cette péripétie, n'affichait plus
une mine avenante. Il alla malgré tout chercher
Tilou. J'entendais le gars grommeler et se plaindre
pendant qu'il dépoussiérait la pauvre peluche avec
énergie.

-   Mais arrête, mec ! Tu m'en mets partout. Je
    suis un petit chaton fragile, moi ! Eh, tu
    m'entends ?! Il est fou ce type ! Julie, sauve-
    moi ! Pourquoi tu m'as fait ça ?!
-   Voilà madame. Votre peluche. dit-il d'un
    ton bien appuyé, montrant bien qu'il savait
    que mon fils n'était pas là...
-   Merci beaucoup monsieur, excusez-moi
    encore, je suis désolée.

J'étais morte de honte. Pendant que Tilou me
hurlait dessus, je sortis de la structure et me fis
toute petite en rejoignant Yann à l'entrée.

-   Julie, pourquoi tu m'as balancé en l'air
    comme ça ??

- Je suis désolée, dans l'euphorie du moment, je ne sais pas ce qu'il s'est passé. Mes doigts se sont ouverts et... Rooooh tu aurais vu ta tête, c'était quand même drôle !
- Ouais, tu parles, tu as voulu te débarrasser de moi, oui !
- Ah ça, non !
- Si, je suis sûr !
- Tu es injuste !
- Je me sens abandonné, laisse-moi à la prochaine poubelle. Je me débrouillerai tout seul.
- Arrête de pleurer Tilou, c'était un accident. Et tu le sais, sinon pourquoi je m'embêterais à te traîner partout avec moi, hein ? Tu viens d'apprendre aujourd'hui à tes dépens que j'ai deux mains gauches...

Tilou semblait rassuré.

J'arrivai jusqu'à Yann. Ils étaient assis sur l'aire de restauration du parc, une canette de soda à la main et semblaient sur le point de conclure leur discussion. Yann se tourna vers moi :

- Alors, c'était bien ton tour ?
- Oui, super ! souriai-je. Et toi, tu as terminé ?
- On était sur la fin.
- Et à moi, on ne me demande pas à moi ? Hein ?
- Chut, Tilou ! chuchotai-je.

- Quoi Julie ? Tu disais ? me questionna Yann.

- Non non rien, je me demandais si je ne me prendrais pas à boire, moi aussi.

- Ah... mais bien sûr. C'est pour moi, vous voulez quoi ? me demanda gentiment l'ami de Yann.

- Oh c'est très gentil, Benoît.

- Avec plaisir, d'habitude, c'est Max qui vient avec Yann, alors pour une fois que c'est une jeune femme comme vous, ça change. Je pourrais faire passer la rumeur qu'il a changé de bord. Toutes les femmes du Pays Basque rêvent en secret de quitter leur mari pour lui. Alors là, je suis sûr que l'on va bien se marrer pendant tout l'été !

Tandis qu'il terminait sa blague, il lança un sourire taquin à Yann, prit discrètement son téléphone et fit une photo de nous deux. Je sentais que j'allais être au cœur des potins basques. Entre Benoît et le maire, Yann allait être l'un des sujets de commérages des environs.

- Bon allez, Benoît, arrête tes conneries, on est là pour le boulot. Nous devons prendre la route pour mon hôtel de Biarritz, tu sais, le Renova.

- Ah oui ! Je l'avais carrément oublié celui-là... dit Benoît l'air pensif.

L'expression de son regard me fit penser à mon confrère d'hier soir, ça n'augurait rien de bon.

- Et puis tu sais, à force de bosser ici, je retombe en enfance et je ne sais plus ce que je dis ou fais !
- Déjà que ça avait l'air d'être le cas avant de venir ici... lança Tilou depuis mon sac.
- Oh, mais t'as pas fini de dire n'importe quoi ! m'exclamai-je sans crier gare.
- Hein...? s'étonna Yann.
- Non, non, heu... je me parlais à moi-même !
- Ah... Elle a un grain des fois, mais on l'aime ! sourit Yann.

Par contre, Benoît semblait l'avoir pris pour lui...
Et merci Tilou, je passais encore pour une crétine.
Il a le don de me faire tourner en bourrique.

Retour à la voiture, direction Biarritz centre-ville, pour visiter l'hôtel le Renova que Yann avait acquis récemment.

13 - Un hôtel plein de surprises

JULIE

Arrivés au centre-ville, la circulation était étonnamment fluide. Yann me dit que c'est toujours comme ça : les gens ont peur de ne pas trouver de places de stationnement, alors ils ne viennent pas trop dans le centre de Biarritz. Enfin, jusqu'à ce qu'ils comprennent le truc, ironisa-t-il.

L'hôtel se trouvait au sud de la ville. Nous avions réussi à nous garer facilement. C'était presque trop facile, je n'avais même pas eu le temps de réfléchir au titre de l'article sur Bidakids. Il était franchement marrant ce parc, j'avais été agréablement surprise et séduite.

- Alors nous y voilà ! me dit-il avec un accent italien digne d'un portugais africain.
- Euh... Qu'est-ce que tu me fais, Yann ???
- Eh ben quoi ? Max adore quand je fais cette

voix-là. Ça le fait marrer, il dit que je ressemble au mec de la pub pour le cappuccino.

- Ah, oui, mais ça, c'est parce qu'il t'aime, et l'amour rend aveugle... mais moi aussi je t'aime, hein ?! rigolai-je.
- T'es...
- Je plaisante ! Et tu démarres au quart de tour, j'adore !
- Tu es une vraie chipie, toi alors !
- Allez, soyons sérieux, tu me le montres ton hôtel ?
- Oui, oui, eh bien le voilà.

Yann se tourna vers moi, et pointa du doigt un bâtiment un peu vieillissant mais propre. Au vu du premier hôtel si bien rénové et aménagé, j'étais enthousiaste pour cette seconde visite. Si cet établissement était aussi beau que l'Etcheona, alors je serais conquise.

Ces murs blancs avaient une teinte un peu passée par le temps, le sel et la pollution. On voyait bien la différence avec les appartements d'à côté, entretenus avec soin ou rénovés depuis moins d'un an. Mais bon, pas de quoi mettre une croix rouge sur l'aspect extérieur.

- Alors qu'est-ce que tu en penses ma petite Julie ?

- Mouais... C'est pas mal, mais je pense qu'un petit coup de jeune aurait été le bienvenu.
- Ah t'es dure toi alors ! Mais bon j'aime ça, tu es franche et tes remarques sont bienveillantes. J'en prends note.
- Oh tu sais, je te donne mes impressions, quand je regarde ta façade et celles des autres, je me dis qu'il y a quelque chose à faire. L'harmonie est primordiale dans une rue. Il faudrait que ce soit accueillant et harmonieux.
- Tu as raison, bon par contre, pas trop de dépenses quand même, je n'ai pas envie d'y laisser mon slip.

Soudain un énorme éclat de rire retentit dans mon sac. C'était Tilou qui se représentait Yann dans la rue, sans son slip, devant tout le monde.

- Ah non, le gars, il va finir à poil devant tout le monde ! Vas-y Julie, fais-lui sortir son porte-monnaie ! Yes, yes, yes !
- Tu arrêtes, oui ! m'écriai-je.
- Comment ça, j'arrête ? Ouh la, je ne te savais pas si prude. Et puis, je viens de le racheter il y a 6 mois, j'ai mis beaucoup d'argent dans cette affaire, tu sais. m'expliqua Yann.
- Ouais ! En slip, en slip... scanda Tilou.
- Hmm hmm, bon, continuons tu veux bien,

Yann ?
- Alors vas-y, rentre je t'en prie.
- Merci...

Et à ce moment-là, j'arrivai dans un hall qui n'était pas vraiment charmant, et encore, je pèse mes mots. Vous aviez trois marches à monter pour arriver sur un accueil de 9 mètres carrés, beaucoup trop exiguë pour un hôtel. Cela ne permettait aucune confidentialité, si bien que si trois familles arrivaient en même temps, elles auraient dû jouer des coudes pour rejoindre la jeune femme à l'accueil. Et l'un d'entre eux n'aurait pas eu besoin d'une loupe pour loucher sur le code de la carte bleue de celui qui était en train de régler sa note d'hôtel. Mais bon, le bâtiment a été conçu de cette manière, on ne pouvait pas pousser les murs comme cela se fait dans certaines émissions de rénovation : ici, impossible.
Et les murs, parlons-en : ils étaient habillés d'une moquette en guise de papier peint !
- Excuse-moi Yann, qu'est-ce que c'est que cette moquette sur les murs, c'est pour cacher les trous ?
- Je sais, Max m'a déjà remonté les bretelles à ce sujet.
- Mais pourquoi... pourquoi ?! Toi, le bon goût incarné, le faiseur de bijoux en matière

de déco, l'homme qui a le plus le sens du beau que je connaisse. Qu'as-tu fait de cet homme ?!

- Mais heu, tu comprends, tu as vu l'emplacement, il est trop top. Il m'a coûté tout ce que j'ai. Et j'ai refait l'autre, alors côté déco, ben... chaque chose en son temps.

Tilou, dont la tête dépassait du sac, s'exclama en extase :

- Whouaou, j'adore cette entrée, les murs sont faits comme moi. En fourrure !
- Tais-toi ! Laisse-moi réfléchir !

Yann me regarda, étonné par le lâcher soudain de mes propos.

- OK, ne te fâche pas, je vais faire travailler la décoratrice de l'Etcheona dès que j'en aurai les moyens. Ne t'inquiète pas ma chérie.
- C'est une sage décision... Je suis en train de chercher une solution par rapport à cet hôtel, car je ne pense pas que ma patronne acceptera d'en parler. Il va falloir arranger ça.
- Aïe aïe aïe ! Allez, bim ! Tu es vraiment "nature", mais c'est ça que j'aime chez toi.

Bon, direction l'étage pour la découverte des chambres. J'espérais avoir une bonne surprise. Marche après marche, la moquette des années 70 n'en finissait plus de défiler, aussi bien sous nos pieds que sur les deux côtés du couloir, sombre et peu accueillant. J'aurais tant souhaité que Yann me dise que la déco avait été réalisée pour un mauvais téléfilm policier d'un autre temps.

La seule chose que je n'aurais pu prévoir, c'est ma réaction en découvrant la chambre. Une vision plutôt étrange et déroutante, et une sensation de malaise et de mal-être.

- Non mais Yann, tu me fais marcher ?? On n'est pas dans une chambre d'hôtel mais dans une chambre d'hôpital. C'est tout blanc, et le lit à barreau, là... Et une perf...?! Bon allez, lâche le morceau, c'est une blague ??!

- Qu'est-ce que tu racontes ? me demanda-t-il surpris. Tu es sûre que ça va ?! Cette chambre est superbe, les meubles sont un peu vieillots certes, mais c'est coloré, un peu passé de mode, mais ce n'est pas si mal, non ? Elle est typique. Ce n'est pas "tout blanc", et c'est quoi cette histoire de "perf" ??!

- Quoi... Qu'est-ce que tu dis ? Je ne comprends pas.

- Julie, tu es toute pâle, ça va ?! Tu ne veux pas t'asseoir un peu, je vais te chercher un verre d'.....

Et soudain, prise d'un énorme vertige, je m'écroulai dans les bras de mon ami.

Alors qu'il me posait sur le lit, j'entendais au loin qu'il s'égosillait pour m'aider à revenir à moi. J'entendais aussi de drôles de "bip bip" et des voix qui s'affairaient autour de moi.

Quelques gifles fusèrent sur mes joues, pour accélérer mon "réveil".

- Julie, Julie !!! Qu'est-ce que c'est que ce binz ?! Aidez-moi ! Julie, Julie !
- Oui oui, quoi ?! Je suis où là ?? demandai-je, effarée.
- Julie...
- Ouuuui ! Arrête de me mettre des baffes !
- Hein quoi, ah oui, pardon. Tu vas bien ? Tu m'as fait une de ces peurs !
- Heu oui, ça va... un peu fatiguée, déboussolée, mais ça va.

En réalité, j'avais le sentiment que mon cœur battait à raison de trois battements par minute, mes jambes flageolaient, et j'avais un goût de sang dans la bouche. J'avais sûrement dû me mordre en m'évanouissant.

- Mais tu es enceinte ou quoi ? Ma sœur Eva faisait toujours des malaises comme toi quand elle était enceinte de Kévin.
- Non, ce n'est pas possible. Je n'ai eu personne depuis Alexis.

- Ah, eh bien alors c'est l'inverse, tu ne vois pas assez le loup ma grande. Tes hormones sont en ébullition.
- T'es vraiment bête, toi !

À ce moment-là, je me vengeai en lui retournant une petite gifle.

- Aïe ! Bon, OK, je l'ai méritée celle-là... Alors qu'est-ce qui t'est arrivé ? Je vais t'amener chez le doc, on ne sait jamais, si c'est grave. Je ne t'ai jamais vue comme ça.
- Mais nan pour le doc, ça va aller. Je ne sais pas ce qui s'est passé, quand je suis rentrée dans la chambre, je me serais cru dans une chambre d'hôpital. Comme un flash dans lequel je voyais des appareils médicaux partout. Puis tout s'est mis à tourner autour de moi, et... me revoilà.
- C'est complètement fou ton histoire. Sûrement des réminiscences de choses qui te sont arrivées pendant ton enfance...
- Hmmm, je sais pas... dis-je en me relevant. Oh la ! Je crois que j'ai besoin de rester allongée encore un peu.
- Oui, tu as raison, repose-toi, je reviens avec une serviette humide. Et j'appelle le toubib !
- OK... Merci...

Yann alla dans la salle de bain, prit une serviette et la plongea sous l'eau.

Pendant ce temps, j'eus tout le loisir d'apprécier le "confort" du lit.

- Yann !
- Oui !
- Il faut vraiment que tu rafraîchisses ton hôtel. Même le lit est pourri.
- Bon ça va, je vois que tu vas mieux ! s'exclama-t-il. Je m'en occuperai, mais pas maintenant.
- OK, mais alors, mon article, pas maintenant non plus.
- Roooh… T'es pas cool. Mais bon, t'as peut-être raison.
- Ben oui, tu veux que je mette quoi ? Hôtel bof mais bien placé, couloir austère, literie d'un autre temps. Vous pourrez vous essuyer les pieds sur la superbe moquette murale des années 70. Nouvelle expérience de sommeil : grâce aux ressorts qui transpercent le matelas, vous ne verrez plus l'acupuncture comme avant.
- Roooh la vache ! Même dans les vapes, qu'est-ce que tu balances !
- Désolée, tu sais que je t'aime, mais là, c'est un peu trop de petits détails qui fâchent.
- Ouais… Max avait raison, il avait dit que cet hôtel laissait à désirer. Bon, j'avoue qu'il n'a rien à voir avec l'Etcheona, j'ai débloqué sur

ce coup-là.

Pendant toute notre discussion, Tilou bouillonnait au fond de mon sac, qui gisait dans un coin de la pièce. Il essayait désespérément de prendre des nouvelles de ma santé...

14 - Au comble de l'inquiétude

JULIE

Pendant cet épisode déstabilisant pour tout le monde, Tilou était dans tous ses états :

- Julie, non, Juliiiiie ! Pourquoiiiii ?? Julie, réponds-nous ! Oh non, je me meurs... Je ne pourrais plus supporter de rester loin de toi. Ne me laisse pas tomber comme une vieille chaussette. Julie, est-ce que tu vas bien...??!

Pendant que Yann me donnait des gifles pour m'aider à revenir à moi, Tilou redoublait en intensité.

- Juliiiie !!! C'est trop injuste, et ce Yann qui ne m'entend pas ! Oh la la ! Je ne me sens pas bien ! Je crois que j'ai besoin de m'allonger moi aussi.

Quand j'eus repris mes esprits, et après avoir fait le point sur cette fabuleuse literie, je tentai de rassurer Tilou alors que mon ami s'affairait dans la salle de bain.

- Tout va bien, ne te fais pas de bile, je suis revenue à moi.
- Ben oui, je vois bien, me répondit Yann, étonné, au moment où il quittait la salle de bain. Tu perds la boule ma chérie, je suis là, je vois bien que tu es revenue à toi.

Mouais, ça ne plaidait pas en ma faveur d'essayer de parler à Tilou.

- Tu m'as fait peur ! J'ai le tissu tout hérissé d'effroi. Mon coton n'a fait qu'un tour, criait Tilou depuis mon sac.

Je ne pouvais plus l'arrêter, il continua alors même que nous étions sortis de l'hôtel. Heureusement que j'ai fini par apprendre à faire une sélection entre sa voix et celles des autres, parce que pour une peluche, il cause beaucoup, et je sentais la migraine qui n'allait pas tarder à envahir mon crâne. Même ma copine Suzie la pipelette ne parle pas autant.

En même temps, je le comprends, mon évanouissement fut si soudain. Pourquoi suis-je tombée dans les pommes ? Cela ne m'était jamais arrivé auparavant. Nous avons mis cela sur le compte de la faim et du manque de sommeil de cette nuit. En effet, il était presque 14h30, et nous n'étions pas encore passés à table. Après avoir réussi à convaincre mes amis que j'irais voir mon médecin à mon retour sur Bordeaux, Max nous accompagna pour manger au Blue Paquebot, un magnifique restaurant, avec vue sur la mer.

En arrivant, je m'arrêtai quelques secondes pour contempler la vue incroyable, qui faisait ressurgir de bons et lointains souvenirs.

- Quel bel endroit, je ne me lasserai jamais de cette vue.
- C'est vrai, on vient souvent avec Max.
- Vous vous souvenez ? C'est ici que l'on s'est rencontrés, lançai-je.
- Rencontrés ? Tu es littéralement tombée sur Max, et j'ai reçu ton cocktail en pleine figure ! s'exclama Yann.
- Ah oui, c'est vrai... Tu me connais, je suis une vraie miss catastrophe. En tout cas, tant mieux, sinon on ne se serait jamais connus. N'empêche, quelle coïncidence, nous étions tous de Bordeaux, et pourtant nous ne nous étions jamais vus. Alors que j'allais sur la Côte Basque pour les vacances, et vous aussi, boom, voilà que je tombe sur vous ! Ça doit être le destin.
- Oui, c'est ça, tu es tombée sur nous ! s'amusa Max.

C'est vrai qu'il y a cinq ans, j'étais tombée sur deux mecs plutôt mignons et sympathiques. Et malgré la méga catastrophe que j'avais faite, ils étaient restés sympas et avenants. Max, le plus réservé des deux était sur mon passage, ou alors j'étais comme à mon habitude absorbée par mes pensées, et bien sûr, je ne regardais pas où j'allais. Je ne sais plus très bien, enfin bref, je m'affalai sur ses jambes. Alors que je venais de m'offrir un cocktail rhum orange grenadine, qui finit sur la tête de Yann. Comment vous dire, la honte... J'étais en mode bouche bée, aucun mot ne put sortir :

- Heu... Heu... oh je...
- Je rêve ! T'es pas bien, ma fille !
- Je... je... je suis...
- Moi aussi, je suis dégouté. Mais il est plutôt bon ton cocktail, dommage que le verre soit vide...

Mon courage revint, je m'excusai telle une japonaise en position tête et buste penchés en avant. Je ne savais plus où me mettre. Pendant mon désarroi, Max, lui était mort de rire.

- Alors ça mon chéri, tu aurais vu ta tête. Tu es trop mignon. Ce rose orangé te va comme un gant. Dis-moi que tu vas essayer cette couleur chez François.
- Je suis trempé ! Et toi tu te moques de moi. Tu veux dormir sur le canapé ou quoi ?

Aide-moi plutôt, va chercher des serviettes !

- Oui, ne bouge pas. S'il vous plaît, serveur, nous avons eu un petit problème d'humidité par ici.
- Quoi, tu plaisantes, un "petit" problème ?! Je suis complètement détrempé. Fais quelque chose !
- J'y vais, j'y vais ! Ne me hurle pas dessus. Tout le monde nous regarde.
- Désolé, merci Max...

J'étais là, immobile devant eux. Max, en se levant, me lança un regard bienveillant et cela me toucha. En revanche, la nouvelle "coupe cocktail" de ma victime l'avait mise un peu en colère. Le serveur du bar, en constatant l'ampleur de l'arrosage, invita Yann à le suivre dans la réserve pour qu'il puisse se rincer et lui prêter un tee-shirt. Sympa !

Pendant ce temps, je sympathisai avec Max. Il me parla de leur bar lounge de Bordeaux, je lui parlai de mon métier de journaliste. Il me parla de son couple avec Yann, je lui parlai de ma rupture avec mon petit ami de l'époque. Lorsque le "cocktail sur pattes" revint des cuisines, explosion de rire de Max et moi en voyant Yann : sa tenue était si imbibée qu'il avait dû se changer... en commis de cuisine !

Voilà comment aura débuté notre grande amitié. Quoi de plus sympa que de se remémorer d'agréables moments et de se refaire le film de notre rencontre, tout en dégustant un bon repas face à la mer.

Le regard rêveur tourné vers le grand bleu, je sentis une main paternelle me tapoter l'épaule. Max, tout comme Yann, avait toujours fait preuve d'empathie.

15 - Une agréable visite à l'Aquarium de Biarritz

JULIE

Le déjeuner était terminé. J'étais un peu tristounette de quitter les garçons, je voulais prolonger ce week-end, je proposai donc qu'ils m'accompagnent à l'Aquarium de Biarritz en guise de digestif.

Ils acceptèrent tous les deux de bonne grâce, cela faisait longtemps qu'ils n'y étaient pas allés. Et puis, il y a des lieux que l'on n'a jamais visités alors même que l'on vit dans la ville concernée ! Un exemple : les touristes du monde entier connaissent la Cité du Vin à Bordeaux, mais moi, je n'y ai jamais mis les pieds ! C'est, paraît-il, somptueux et impressionnant à l'intérieur, il faudrait que j'y songe, par curiosité. Moi qui teste tous les lieux gastronomiques qui existent, un article sur le haut-lieu du patrimoine bordelais et français du vin, je devrais y aller ! J'organiserai cela plus tard.

Notre trio infernal faisait donc une virée en immersion marine et sous-marine. Cela faisait bien longtemps que je n'y étais pas revenue, mais je reconnus immédiatement la petite place avec vue plongeante sur la mer, et l'entrée limite cachée du Musée de la mer.

Max m'avait donné une bonne astuce pour éviter de reprendre la voiture. Une navette gratuite faisait le tour de la ville tout l'été. Pas besoin de chercher une place. Surtout qu'elles sont très rares sur le bord du littoral. Je me revoyais quelques années en arrière, je voulais emmener ma maman au Rocher de la Vierge qui était juste devant l'aquarium, tous les parkings étaient pris. Nous n'avions trouvé une place qu'à la bordure est du centre-ville. Nous avions mis presque une heure pour y arriver ! Parce que ça monte et ça descend, Biarritz. Une vraie montagne russe cette ville ! Heureusement que ma mère tenait la forme, on a pu la voir la mère, enfin, la mer !

Nous arrivâmes sur place rapidement, j'étais excitée comme une gamine. Tilou me suppliait de le mettre en bonne position pour qu'il puisse profiter du spectacle.

- Oh la la ! Qu'est-ce que c'est beau ces poissons multicolores ! Le méga pied pour les yeux ! dit-il tout excité.
- Oui, ils sont magnifiques. Orange, vert, bleu foncé et bleu clair, on les appelle les poissons mandarins.

Yann et Max étaient à l'opposé de la pièce, si bien que je pouvais répondre à Tilou sans risque d'être entendue.

- Oh, regarde Julie ! Des mini-méduses, trop beau ! En plus, elles changent de couleurs grâce aux lumières ambiantes. J'adooooooore !

Dès le début de la visite, nous en prenions plein les yeux. Tilou m'interpelait en disant :

- Regarde les hippocampes, ils sont un peu comme moi, non ? Trop mignons ! Et c'est quoi ce gros machin avec toutes ces rastas ? Comment il est pas beau ! s'écria Tilou.
- Oui, oui, reste tranquille, on va se faire griller par Yann et Max ! S'ils m'entendent encore une fois parler toute seule, ils vont me faire interner...

J'avoue que tout était magnifique : de l'habillage des bassins au choix des espèces proposées, j'étais sous le charme. Cela faisait si longtemps que je n'étais pas venue, j'avais oublié comme c'était beau et paisible.

En haut d'un escalier, un grand bassin tout blanc faisait office de mur.

- Eh regarde Julie, y a un truc échoué au fond de la piscine.
- Comment !? chuchotai-je.
- Oui regarde, en plus il nous montre ses fesses. Quel gros dégueu !
- Ah oui ! Eh regardez les garçons, un énorme phoque qui fait une sieste les fesses en l'air et la tête par terre !

Heureusement, Yann et Max montaient en discutant, j'avais donc pu répondre à Tilou tranquillement. Parce qu'avec lui, bonjour la discrétion !

Le phoque nous fit bien rire, il avait posé son postérieur contre la vitre du bassin, et il était à 45° par rapport au sol ! Nous continuions donc la visite dans la bonne humeur grâce aux petits mots d'humour de chacun.

- Alors ça ! Je ne savais pas que c'était le bassin des baleines, ici.
- Ah tiens chéri, tu ne m'avais pas dit qu'un de tes ex travaillait ici ! lança Max, taquin.
- Ah, ah, ah ! Tu as toujours autant d'humour, toi. Tu verras, lorsque je te renverrai chez ta mère... s'indigna Yann.

-   Oh, te fâche pas, il plaisante ! rigolai-je.
-   Et en plus tu prends sa défense. Traîtresse ! s'exclama Yann, faussement outré.

Après cette petite joute verbale qui, je l'avoue, me faisait bien rire (Chouchou et Loulou ces deux-là... !), suite de la visite.

Arrivée sur la terrasse : voilà le bassin des phoques, vu plus bas quelques minutes auparavant, et tous les phoques étaient en train de dormir au soleil. Sauf notre impudique, toujours au fond à roupiller les fesses en l'air !

-   Ah ben ça va, relax les bestioles ! Elles se font dorer au soleil ! La vie est belle, quoi ! lança Tilou.
-   Ces phoques sont trop beaux, regardez, leurs poils brillent au soleil, on dirait des bijoux ! m'exclamai-je.
-   Ah oui, pourquoi pas, des bijoux... Tu ne penses pas que le diamant serait un peu trop énorme pour ton petit doigt ? Ah ces journalistes, vous avez trop d'imagination ! piqua Yann.
-   Ah ouiiii, c'est clair ! J'ai du mal à imaginer le poids du plus petit ! rit Max.
-   Eh bien Max, pour ton information, le plus petit, je ne sais pas mais celui qui ronfle au fond de l'eau, il pèse plus de 200 kg.

- Il y en a des carats dans 200 kg ! rigola Tilou depuis mon sac.

- Et comment tu sais tout ça, ma chérie ? questionna Yann.

- Eh bien en tant que journaliste, un peu trop imaginative, (je lui lançai mon "regard à gros yeux" comme il aimait à le dire) je suis censée être quand même un minimum cultivée...

- Allez, ne te vexe pas ma chipie. Qui aime bien, châtie bien, tu le sais !

- Alors, je t'en prie, ne m'aime plus, de temps en temps ! répliquai-je, amusée.

Et voilà que Tilou repartit à tout commenter, dans un de ces monologues comme lui seul en a le secret. J'essayai de ne pas y prêter attention, mais ce n'était pas chose aisée.

La visite se poursuivit au milieu des requins, et des poissons tropicaux, et s'acheva par la boutique de souvenirs incontournable dans n'importe quel parc d'attraction, musée ou aquarium du monde entier. Partout se côtoyaient peluches, jeux éducatifs, livres, cartes et objets en tous genres, même en 3D.

- Oh, c'est magnifique ! La dernière fois que je suis venue, les cadeaux souvenirs n'étaient pas si beaux.

- Oui, ils ont fait des progrès sur la 3D à plat,

dit Yann.

- Whoow ! Ces requins sont d'un réalisme, ils font trop peur ! Je préfère le mug avec les tortues, elles sont trop mignonnes ! m'exclamai-je.
- Plus je te connais, plus je me dis que si j'avais eu une sœur, j'aurais voulu qu'elle te ressemble. J'adore quand tu t'émerveilles de tout et de rien, me dit Yann avec une tendresse qui me toucha.
- Oh Yann ! Mais tu sais, vous êtes tous les deux mes frères de cœur. Je vous adore, vous allez vraiment me manquer. On ne se voit pas assez à mon goût, et encore, vive les SMS et le téléphone pour papoter régulièrement de vive voix. Quand on a le temps...

Max s'éloigna. C'est un grand blagueur mais un grand timide : il ne le dira pas, mais nos sentiments étaient réciproques, et il ne voulait pas que l'on voie l'émotion dans ses yeux. Quel bel après-midi...

16 - "Au revoir Biarritz"

JULIE

C'était l'heure, l'heure des adieux. Le retour promettait d'être triste et teinté de nostalgie. Car ces deux gars-là sont bien plus que des amis, nous sommes une famille. Heureusement, je savais déjà que Tilou allait égayer le voyage retour avec ses discours à rallonge.

Le temps de faire mes bagages, Max et Yann m'attendaient sur leur terrasse. Pendant que Tilou m'encourageait à finir mon sac, nous fîmes le point sur notre week-end.

- C'est vrai que c'était chouette, il faudra revenir, dit-il.
- Je suis d'accord...
- Quoi, tu voudras bien me ramener ici ?! Trop bien !!!
- Oui Tilou, mais... si nous sommes toujours ensemble.

- Mais bien sûr ! On ne se quittera plus
  jamais ! C'est pas tous les jours que
  quelqu'un peut m'entendre...
- Ah ça, je n'en reviens toujours pas. Si on
  m'avait dit qu'un jour je discuterais avec
  une peluche, j'aurais demandé à me faire
  interner, plaisantai-je.
- Ah, ah, ah... ça devrait déjà être le cas, non ?
  ironisa Tilou.
- Oooh, Môsieur fait dans l'humour taquin,
  maintenant ? m'amusai-je.
- Eh oui, j'ai pris exemple sur la meilleure !
- Qui ? Moi ? Oh, juste parce que j'adore
  charrier Yann...

Petite seconde de réflexion.

- Mais, et ton Nathan, tu n'y penses plus ? le
  taquinai-je.
- Si si... Mais si tu pouvais rester avec nous,
  ce serait la belle vie ! Bon alors, tu as fini de
  ranger tes petites culottes ?
- Ah mais tais-toi donc, petit coquin !
- Ben quoi ?! En tout cas, tes culottes sont
  plus petites que celles de madame
  Sullivan...
- Oh, tu es incorrigible, heureusement qu'il
  n'y a que moi qui puisse t'écouter.
- Allez, allez, allez, il faut rentrer, la
  recherche de mon petit maître va enfin

commencer. Allons-y !

Je pris Tilou dans la main, et le jetai dans mon sac. Et malgré le fait que ce soit une peluche, il n'avait pas l'air d'avoir trop apprécié. En tout cas je supposais, vu les mots mécontents qui sortaient de mon sac. Je rejoignis les garçons d'un pas hésitant, une petite larme coula le long de ma joue. Car même si Bordeaux-Biarritz en soi ce n'est pas le bout du monde, nous savons très bien qu'avec le rythme du boulot, nous ne pourrons pas nous revoir aussi vite qu'on le voudrait. Ma voix se troubla en murmurant un léger "au revoir mes chouchoux ".

Les gars, eux, restaient plus sobres, comme si on allait se revoir demain.

- Ne pleure pas ma bichette, tu vas te faire épingler par la police, ils vont croire que tu te drogues avec tes yeux d'albinos.
- T'es gonflé Yann ! Au revoir les garçons. Et je vous tiens au courant pour les articles.
- Ne t'inquiète pas. Et promis, nous allons faire quelques travaux dans le vieil hôtel, on t'enverra des photos.
- OK, j'y compte bien. Bisous à vous deux. Je vous aime les gars.
- Tu vas nous manquer, dit Max avec lui aussi un léger trouble dans la voix. Envoie-nous un SMS quand tu seras arrivée.

Max me tendit un petit paquet, et lança un regard de connivence à Yann qui me sourit.

Il fallait vraiment que je parte, sous peine de flinguer mon maquillage. Telle une star de cinéma, je partis retrouver ma voiture après les avoir remerciés, la valise à la main. Sans me retourner, j'essuyais les larmes qui coulaient sur mes joues. Et zut, mon maquillage était mort ! Mon mascara n'était pas waterproof. Je ressemblais donc à un albinos fatigué aux yeux cernés de noir...

Nous avons donc repris la route Tilou et moi. Ma petite Fiesta roula lentement sur l'allée de graviers, histoire de ne pas faire de poussière sur sa belle carrosserie. Ou plutôt, pour être honnête, parce que j'étais tellement émue que mes yeux étaient encore remplis de larmes. Mais il fallait aller de l'avant, une nouvelle aventure nous attendait.

- Allons-y, c'est parti mon kiki ! dit Tilou enthousiasmé à l'idée de retrouver enfin Nathan.
- Il va falloir que tu me dises comment tu fais pour connaître des expressions des années 80, toi. C'est fou ça !
- Comment, quoi ?
- Eh bien oui, Kiki, c'est une peluche des années 80. C'est un petit singe trop mignon

qui suce son pouce.

- Ah oui ! Oh, j'ai bien dû l'entendre quelque
  part.

Nous sortîmes de la ville rapidement, direction l'autoroute. Trois heures de route, et retour au bercail. Je commençai par me dire que le trajet allait être calme, il n'y avait pas trop de monde sur l'autoroute en cette fin de dimanche, le samedi avait été plus laborieux. J'allais en profiter pour me perdre dans mes pensées, dans mes nouveaux souvenirs de ce week-end passionnant avec Yann, Max et Tilou, mais c'était sans compter sur ce dernier qui rongeait son frein depuis notre arrivée sur Biarritz pour ne pas trop me mettre dans la panade. J'avais dû à plusieurs reprises inventer une histoire pour que Yann ne sache pas que je parlais avec Tilou. Mais là nous étions seuls, il n'y avait plus d'obstacle, mise à part ma patience.

- Whouaouh ! C'était un super week-end !
  s'ecria Tilou.
- Oui je suis d'accord.
- Et tes copains, ils sont très marrants,
  j'aimerais trop les revoir. Ils m'ont bien fait
  rire !
- Oui, je les adore.
- Qu'est-ce que j'ai rigolé quand Yann nous a
  parlé de son slip. Mort de rire !
- Oui... mais tu n'as que ça dans la tête, hein ?

Âge mental : 5 ans !

- Quoi ? C'est pas la norme chez les humains ? Nathan n'arrête pas de parler de slip, pipi, caca, prout et j'en passe un certain nombre. Et il rit tout le temps ! s'étonna Tilou.

- Ah ben c'est bien ce que je dis, âge mental 5 ans ! Non non, ce n'est pas normal du tout. Enfin si, chez les enfants, mais ça ne dure pas. Et si ton Nathan parle tout le temps comme ça, sa nounou et son papa doivent souvent le gronder. Remarque, j'ai l'impression que tous les enfants sont faits du même moule. Mon neveu a les mêmes gros mots dans la bouche !

- Mais non, mon Nathan n'a rien de gros. Tu es méchante !

- Mais, tu ne connais pas le terme "gros mot" ?

- Non !? s'exclama Tilou.

- Cela signifie que c'est vulgaire, une grossièreté, quoi.

- Ah oui, ça je connais ! Mais je croyais que tu le traitais de gros.

- Que tu es bêta !

- Eh oh ! Enfin, j'étais mort de rire quand tu t'es fait avoir par ce mère ou père, j'ai pas trop compris.

- Ah non ! Tu me fais rire. C'était le maire de la ville de Saint Jean-de-Luz, le responsable de la mairie. Oui, il nous a tous surpris par sa perspicacité ! En tout cas, c'était une bonne soirée ! avouai-je.
- Oui, j'aurais aimé quand même pouvoir goûter aux petits fours.
- C'est clair, mais pour une peluche c'est un peu compliqué... Moi je me suis carrément gavée !
- Tu avais bien mangé, mais aussi bien bu...
- Oui ! Cette Sangria maison était à tomber. Ni trop forte, ni trop légère.
- Enfin, heureusement que Max n'avait pas bu, lui ! dit Tilou.
- C'est le plus sérieux de nous trois, et au moins il nous a ramenés en bon état à la maison. Je précise que c'était prévu comme ça !
- C'est vraiment des bons copains.
- C'est plus que ça. Ils sont ma famille.
- Quoi ? Ce sont tes frères ?
- Tout comme. C'est comme ton Nathan, vous n'avez pas de lien de sang, mais vous vous aimez comme des frères. Vous êtes tristes lorsque vous êtes loin l'un de l'autre.

Oh la la, qu'est-ce que je n'avais pas dit ! Tilou partit en sanglots...

-   Oui, tu as entièrement raisonnnnnn...
-   Oh non Tilou, ne pleure pas !
-   C'est plus fort que moi, il me manque tant...
    je suis désolé, je ne peux plus m'arrêter !
-   Non mais si ! Tu vas devoir t'arrêter, sinon,
    c'est moi qui vais me mettre à pleurer à
    chaudes larmes. Je suis émotive, tu sais.
-   Je ne contrôle plus rien ! pleurait Tilou.
-   C'est malin, je n'y vois plus rien. J'ai des
    larmes plein les yeux. Bravo, je vais devoir
    m'arrêter en urgence !
-   Je suis désolééééé...

Et voilà, nous étions dans de beaux draps, je
réussis à continuer ma conduite, mais ce ne fut que
des larmes durant 5 kilomètres. Pour un peu, nous
aurions dû sortir les rames pour rentrer.
Heureusement, je réussis à faire diversion en
mettant Bohemian Rapsody de Queen à fond dans
les enceintes. L'air devint rapidement plus rock-
and-roll. Tilou reprit du poil de la peluche.

-   Allez ! Fonce Julie ! J'ai un petit garçon à
    retrouver moi, je n'ai pas que ça à faire !
-   Oh la, mon p'tit chat ! La vitesse est limitée,
    nous n'allons pas risquer l'accident, cela ne
    nous fera pas arriver plus vite.

Je m'arrêtai pour une petite pause-café, et en
profitai pour découvrir le cadeau de mes

chouchoux : le mug avec les tortues que j'avais admiré au Musée de la mer ! Adorables ces deux-là !

Le reste du trajet se fit beaucoup plus posément. Tilou me racontait ce qu'il allait dire à Nathan quand ils seraient de nouveau réunis. Et je peux vous dire qu'ils en avaient des choses à se raconter...

17 - Entre-deux-Mers, nous voilà !

Après une bonne grosse nuit réparatrice suite à ce week-end bien rempli, Tilou m'attendait par terre au pied de mon lit, bien gentiment.

- Ah ! Tu te réveilles enfin !
- Oui, bonjour à toi aussi Tilou. Oh, tu as bougé pendant la nuit, tu n'aimes pas mes draps ?
- Non mais, madame plaisante ou quoi ?! Tu m'as envoyé valdinguer par terre !
- Oh mince ! Je suis désolée mon Tilou. J'ai tellement "écrasé " que je ne t'ai pas entendu ni senti tomber...
- Non tu ne m'as pas écrasé, juste balancé avec un joli coup de pied !
- Mais non Tilou, quand je te dis que j'ai écrasé, c'est que j'ai dormi super profondément ! Toi alors...

Le pauvre, il était resté là, immobile, couché contre le sol. Bon, je sais, il n'avait pas le choix, vous allez me dire, c'est une peluche... qui parlait, certes, mais qui restait inanimée. Heureusement pour moi d'ailleurs : j'avais déjà du mal à gérer la fougue verbale de ce petit chat, alors si en plus il courait partout...

Impatient, Tilou ne tenait plus en place, enfin, façon de parler. Dans tous les cas, on sentait bien qui était le chef de chambrée :
- Ça y est, c'est enfin le grand jour, la recherche de Nathan peut reprendre !
- Oui, oui, déstresse mon p'tit Tilou, je suis sur le coup. J'ai deux - trois idées. Il n'y a pas de raison de s'inquiéter, le rassurai-je.
- Moi, inquiet ? Non, SUPER flippé, OUI ! Bon, on commence par où ?

C'était une bonne question, je fis le point sur les informations que nous avions, et j'avoue qu'elles étaient plutôt minces. Nous savions que nous cherchions trois personnes, un trio composé d'un homme d'une trentaine d'années et son fils de cinq ans, accompagnés d'une gouvernante plutôt âgée. Le nom de famille commençait par PAV quelque chose. Le petit garçon se nommait Nathan. Cela ne nous aidait pas beaucoup.

Il me fallait un petit-déjeuner de compétition :

muffin œuf - bacon - fromage, un petit déj' à l'anglaise, quoi ! Je me préparai en quatrième vitesse et pris Tilou par la patte.

- Whaouh, attends, je ne suis pas dans le bon sens ! cria Tilou.
- Quoi ? Ah, pardon, mais on est pressés.
- Oui mais quand même. Un peu de dignité...
- J'ai trop faim, je te remettrai dans le bon sens dans la voiture.

Départ à la recherche de mon petit déjeuner. D'ailleurs, c'était impressionnant comme j'avais faim. Une vraie gloutonne. Moi qui étais si raisonnable, j'étais prise d'une fringale ! Nous sommes arrivés dans un restaurant fast-food qui servait toute la journée, je commandai un... non, DEUX menus à emporter pour assouvir cette envie soudaine. Ensuite, une fois bien installée dans mon siège, Tilou et moi nous sommes mis à discuter tranquillement dans la voiture. Ça aurait fait mauvais effet que je papote avec une peluche, assise toute seule dans le resto !

Tilou n'était pas très confiant, il savait que les pistes étaient un peu faibles.

- Alors Julie, tu crois vraiment que l'on a une chance de retrouver Nathan ? Rien que le restaurant où nous étions me paraît immense, je pourrais même m'y perdre,

alors chercher dans une énorme zone au-
dehors... Ça me panique !
- Ne chois pas défaitiste, la Gironde, ch'est
mon domaine. Che connais des gens qui
connaichent des gens...
- Ouais, bon, tu ferais mieux de finir ta
bouchée ! Nanou dit toujours à Nathan de
ne pas parler la bouche pleine ! Bla bla bla...
Sinon ce que tu me racontes ne me rassure
pas : ça fait un peu genre le lion m'a dit qu'il
avait parlé au singe qui avait parlé au chat
qui lui avait dit qu'il avait vu l'ourson jouer
avec le perroquet...
- Ah oui pour ma bouche, désolée... Pour nos
recherches, non, ce n'est pas ça. Ne
t'inquiète pas, c'est vrai que je connais pas
mal de monde. Nous allons y arriver.
- Ah bon, et alors on va où ?
- C'est simple, on va... on va... eh bien oui, on
va...
- Oui...!?! s'impatienta Tilou.
- On va dire que vu l'hôtel dans lequel vous
étiez la semaine dernière, ils n'ont pas dû
s'arrêter dans une auberge de jeunesse.
Même si, je me souviens de celle d'Anglet,
c'était mignon comme tout. En parlant de
mignon, je me souviens surtout du surfeur
suédois que j'avais rencontré là-bas...

- Hum, hum...

Tilou commença à comprendre mon petit manège : je n'avais pas l'ombre d'une idée, j'étais plutôt confuse, ce qui ne me ressemblait pas; on aurait dit que quelqu'un avait éteint la lumière dans mon cerveau qui avait du mal à refaire les connexions. Il fallait que je me concentre plus. Je réfléchis à voix haute.

- Une famille, un père qui voyage beaucoup... il est peut-être journaliste. Non, impossible qu'ils dorment dans un palace. Un businessman ? Hummm, pourquoi pas. Mais si c'est le cas, il vend quoi ? Il est dans le vin ?
- Aucune idée.
- Oui, pourquoi pas, cela expliquerait la Cité du vin et sa venue dans l'Entre-deux-Mers. Ou alors il achète ?
- Aucune idée.
- Et si c'est le cas, où ? De grands cépages, du Sauternes peut-être ? Non ce n'est pas tout-à-fait dans l'Entre-deux-Mers. Alors... Saint-Emilion. Oui, c'est ça !
- Quoi, c'est qui cet Emilion ? Il est connu ?
- Non, c'est un village viticole très touristique où l'on fait de grands vins du même nom. Mais il a existé. Le bonhomme, pas le village, lui il est bien présent. On tient une

piste ! On va y aller ! Pas bête, la bête.

Je pensais être dans la bonne direction, je me mis en chemin sans attendre de terminer ma dernière bouchée. Nous étions lancés en direction du Libournais, Tilou était encore plus surexcité que d'habitude.

- Allez ! Appuie sur le champignon ma Juju ! Brûle la gomme !
- Mais tu es fou, calme-toi un peu ! Nous allons y arriver.

Nous avons avalé les kilomètres qui nous séparaient de Saint-Émilion. La rocade était fluide pour une fois. Nous n'avons pas mis très longtemps à arriver sur le lieu de notre enquête. Nous nous sommes garés sur un petit parking à l'Ouest de la ville. C'était adorable ici : de façon incongrue, un pan de mur d'un ancien temps se tenait là, au milieu des vignes.

- Et maintenant, on va où ? m'interrogea Tilou.
- Je connais une copine qui tient une boutique de bijoux fantaisie au centre du village.
- Et alors !?
- Quoi "et alors ?", on y va pour lui dire bonjour et on verra bien.

Je l'entendais marmonner dans sa moustache.

- Ah, eh bien ! Bonjour l'enquêtrice... C'est

pas comme ça que je vais revoir mon Nathan.

- Je t'ai entendu...

- Oui et alors !? Je suis étonné par ton manque de professionnalisme.

- Écoutez l'autre ! Tu es de mauvaise foi mon petit gars.

- Mais je n'y peux rien, je suis en panique. Certains mangent, d'autres pleurent et moi, je râle. Ça me détend.

- Aaah ! Tu me fais trop rire. Ça te détend... Allez, allez, laisse-moi gérer. On va y arriver. Aie confiance !

- Et voilà, je panique encore plus. C'est exactement la réplique du serpent dans le livre de la jungle. Au secours !

Alors, pendant que monsieur la peluche paniquait et se "détendait", il était temps d'inventer une histoire pour être crédible. Je savais que si je racontais la vraie, même simplifiée et logique, ma copine me prendrait pour une folle. Remarque, elle n'aurait pas tort. Je pensais aussi que cette histoire devenait ubuesque. Comment moi, Julie Ferrère, le bon sens et la logique incarnés, pouvais-je entendre et papoter avec une peluche, avec un si mauvais caractère qui plus est. Je gardai mes pensées pour moi parce que Tilou n'avait pas beaucoup le sens de l'humour.

Et soudain une chose étrange se produisit :
- Comment ça ?! Alors moi j'ai un mauvais caractère ?? Et toi, alors ?!
- ... Quoi ? De quoi tu parles... ?
- Je t'ai bien entendu, tu as dit que j'avais mauvais caractère !
- Mais comment as-tu fait pour entendre ça ?? C'est impossible ! Je l'ai gardé pour moi, dans MES PENSÉES !!!
- Tu parles bien avec une peluche je te rappelle, c'est impossible ça aussi, alors ?

Je ne compris pas du tout ce qu'il venait de se passer, cette aventure prenait une tournure vraiment étrange. Si on ne considère pas déjà comme étrange le fait de converser avec une peluche perdue et de partir à la recherche de son petit propriétaire.

Malgré tout, je continuai ma réflexion sans lui répondre, pour chercher une histoire à peu près plausible :
- Ça y est, je l'ai : donc je suis à la recherche d'un homme et son fils. Je suis tombée sous le charme du père. Malheureusement, je ne l'ai vu qu'une fois, je n'ai pas son nom, mais je souhaite vraiment le revoir. Au fait, il est comment physiquement le papa de Nathan ?

- Grand...
- Oui, mais encore ?
- Beau...
- Oui, mais ses yeux et sa couleur de cheveux...?
- Ah... il a les yeux marron clair, les cheveux bruns. Il n'est pas très grand.
- Quoi ! C'est tout ? C'est à peu près la moitié des hommes de cette planète. Et tu viens juste de me dire qu'il était grand ! Faut savoir !
- Oui tu sais, je ne le vois pas souvent, et puis pour moi tout le monde est grand...

Pas faux.

- La poisse, aide-moi. Il me faut quelque chose à dire pour le décrire. Nathan ne te parle jamais de son père ?
- Si...
- Alors...?
- Quand il me parle de son papa... alors, il me dit...”Tu sais Tilou, mon papa, c'est le plus fort des papas de toute la Terre. Il est très gentil, sauf quand il fait sa grosse voix. Mais mon papa, je l'aime d'amour, il n'est pas souvent là, mais il me dit bonne nuit tous les jours. Il est très occupé, mais le week-end, quand il peut se libérer, on va jouer dans les parcs autour de notre hôtel. Il est

super costaud, t'as vu, il arrive à me porter.
Il dit que si je continue de grandir, je
pourrai toucher les étoiles un jour. Par
contre, après son accident au travail,
lorsqu'il s'est fait mal au poignet en
tombant, et qu'il a essayé de me porter, il
m'a lâché sur son visage. Moi j'ai rigolé
parce que je lui ai écrasé le nez, mais lui
râlait parce qu'il avait cassé ses lunettes..."

- Attends tu ne te rappelles pas comment il
est, mais tu peux me sortir ce que t'a dit
Nathan, sans oublier une virgule ?! Tu es
trop bizarre, toi ! Tu as autre chose ? Bon,
déjà on sait qu'il porte des lunettes. On
avance.

- Hum... Il m'a raconté qu'il aime être bien
habillé. Mais qu'il n'avait aucun goût pour
choisir ses cravates. C'est madame Sullivan
qui doit tout le temps lui dire quoi mettre.

- Ah oui, je vais dire à ma copine : "Eh ! Je
recherche un mec qui s'habille comme un
clown s'il n'a pas sa nounou... Ça te parle ?".

- Arghhh, mais je chercheeee... attends. Il
m'a dit aussi : "Oh la la, papa il a toujours
une petite barbe, ça me barbe. Quand il me
fait des bisous, il pique, un vrai porc qui
pique. Heureusement qu'il n'a pas
beaucoup de cheveux, je peux lui faire des

bisous sur le front."

- Ah tu vois ! On avance. On cherche un barbu avec des lunettes, à moitié chauve. Super...
- Oui, c'est ça !
- Bon ben, on va jouer sur son charme alors. Car là, le portrait n'est pas très glamour.

Nous étions au point. D'un peu plus, l'enquête allait s'arrêter aux portes de l'Entre-deux-Mers. Nous avons marché dans les ruelles pavées en passant près de la Tour du Roy, puis nous avons remonté un passage assez escarpé. Entre la pente et les pavés, il valait mieux éviter de venir à Saint-Emilion avec des talons aiguilles, sinon, adieu les chevilles ! Heureusement pour moi, j'étais chaussée de mes Converses préférées. Elles m'emmenèrent sans encombre jusqu'à la boutique.

18 - L'enquête commence sur les chapeaux de roues

En arrivant dans le petit commerce, je fis un bonjour discret, cherchant des yeux Laurine, et je la vis, derrière son comptoir. Mon amie d'enfance avait le nez plongé dans ses papiers, elle ne me regarda pas et me répondit sans relever la tête, complètement absorbée par ce qu'elle était en train de faire.

- Bonjour... Je peux vous aider ?
- Non merci, mademoiselle !
- Julie !?
- Ouiiiiii !
- Ah je ne t'avais pas reconnue ! Bon, en même temps, j'avoue que je n'ai pas levé le

nez ! Désolée... Mais qu'est-ce que tu fais là ? Ça fait un million d'années que l'on ne s'était pas vues, ça me fait plaisir !

- Eh oui, c'est vrai, ça passe trop vite. Comment vas-tu ?...

Nous nous sommes pris dans les bras, et après de belles retrouvailles, je lui racontai mon histoire du fils et du père, lequel m'avait tapé dans l'œil.

- Comment ça ? Toi, Julie "la prudence", tu pars à l'aventure pour un mec que tu n'as vu qu'une fois ? me taquina-t-elle.

Elle semblait sceptique.

- Eh bien oui, qu'est-ce que tu veux, les gens changent...

- Dis plutôt que c'est ton horloge biologique qui dicte sa loi...

- Laurine ! T'es gonflée.

- Mouais. En tout cas ma belle, tu as de la motivation à revendre. Comment veux-tu retrouver un mec dans l'Entre-deux-Mers avec si peu d'informations ? Non, en fait, tu n'es pas motivée, tu es folle...

Ma supercherie avait eu l'air de fonctionner même si je ne l'avais qu'à moitié convaincue. Laurine avait beaucoup d'expérience en matière d'hommes. Elle avait déjà divorcé trois fois, à 30 ans, c'était un record. Il faut dire qu'elle tombait vite amoureuse, mais se lassait aussi vite de ses

Don Juan. Un vrai cœur d'artichaut, quoi !

Pour fêter nos retrouvailles, Laurine m'offrit un café et quelques gourmandises, profitant du fait que la boutique était calme.

- Alors, un mec plein aux as, accompagné de son gosse et de sa nounou, qui seraient arrivés vendredi soir, barbu avec des lunettes...
- C'est bien cela. Il est si charmant, dis-je en minaudant.
- Non, je n'ai rien vu de tel.
- Tu es sûre ? Ils se seraient arrêtés dans un grand hôtel, c'est pas si fréquent, non ?
- Je suis désolée ma chérie, si un beau gosse était arrivé en ville, j'aurais déjà mis la main dessus.
- Tu es une véritable nympho, il te les faut tous ! plaisantai-je.
- Ah mais je suis comme ça, l'amour est fait pour être vécu à 100%. Et j'ai plein d'amour à donner.

Elle me fit un clin d'œil malicieux.

- Oh, je n'en doute pas un seul instant...
- C'est qu'ils sont si collants, ces mecs. Dès que tu couches avec, ils pensent que tu leur appartiens. Je suis une femme libre, moi.

- Ah bon, je pensais plutôt que c'étaient les filles qui se faisaient des films dans ces cas-là ! Bon, et mon gars à moi, où peut-il être ?
- Bonne question... Ah, j'ai une idée, je connais un couple pas loin d'ici, ils vivent dans un tout petit village, ils connaissent tout sur tout le monde. Si tu veux connaître les potins de l'Entre-deux-Mers, ils sont là !
- AH OUI !?
- Oui ! Je suis sûre qu'ils savent déjà que tu cherches ce type...
- Ah, à ce point ? m'amusai-je. Je vois le genre... Je vais essayer alors, merci beaucoup !

Je n'étais pas très convaincue de retrouver Nathan et son père grâce à ce couple, mais on ne sait jamais. Je décidai de visiter la ville et de glaner des informations dans les boutiques environnantes. Dans un premier temps, direction l'Office de Tourisme, ils auraient sûrement des pistes sur les meilleurs hôtels des environs.

Arrivée à la maison du tourisme, une jeune femme m'accueillit. D'une voix très douce et précautionneuse, elle me demanda si elle pouvait m'aider. Je fus surprise par cette voix, comme si elle parlait à une personne malade qu'il ne fallait pas brusquer. J'eus du mal à contenir un petit rire car Tilou se mit à être moqueur.

- Oooh... Que c'est mignon cette petite voix, on dirait une souris ! s'écria-t-il.
- Chuuut...
- On dirait Minnie ! Demande-lui où est Mickey ! rit Tilou.
- Chut, arrête...
- Pardon, vous disiez ?

Elle me regarda d'une façon bizarre et me redemanda si elle pouvait m'aider. Je repris mon sérieux pour lui faire part de ma requête.

- Bonjour mademoiselle, excusez-moi, je suis à la recherche de beaux hôtels près d'ici.
- Qu'entendez-vous par "beaux" ?
- 4 ou 5 étoiles.
- Ah oui, alors dans ce cas, nous en comptons deux. Je vous les note sur un papier, mais toutes les informations dont vous aurez besoin se trouvent sur notre site internet.

Voici une bonne piste à suivre. Et puis je voulais aller voir ce couple commère. Je remerciai Miss Mouse et nous avons gagné la sortie de l'Office. Je voulais faire une petite halte pour boire un autre café en profitant de la vue sur cette charmante cité médiévale classée à L'UNESCO. Je m'installai tranquillement pour faire une pause sur une terrasse qui surplombait les vignes et le village, avec vue sur le clocher de l'église en contrebas.

J'attendis quelques instants et passai ma commande.

Puis soudain, je me retrouvai dans le noir le plus total. J'étais coincée, je me sentais oppressée, comme dans une boîte de nuit bondée plongée dans la pénombre.

Pendant cet épisode de torpeur, Tilou, lui, vécut une toute autre expérience :

- Aaaaaahhh ! Je rêve, je bouge, j'ai des mains, des pieds. Oooooh ! Je suis une fille !!! Julie !?! Julie... T'es où ?! Regarde, j'ai des seins !!!

J'arrêtai pendant juste une seconde de paniquer, le temps de réfléchir à la vitesse de la lumière : si Tilou pouvait se mouvoir, et si je l'entendais de manière étouffée et dans le noir, avec ce léger parfum si familier, c'était que j'étais dans mon sac à main... dans mon sac à main !?!

- Nooon ! Je suis dans mon sac, je rêve ! Qu'est-ce qu'il m'arrive ? Au secours, Tilou, fais-moi sortir, vite !!!
- Mais tu es où ?!
- Je suis toi, idiot !
- Aaaah... naaaan !!!
- Annule la commande, on s'en va.

Il s'exécuta, même s'il était aussi surpris de cette situation, il était bien content d'aller faire un tour.

- Désolée M'sieur, je dois partir, je ne prendrai pas l'expresso.

Il me prit par le bras, et courut en s'éloignant du café, me faisant voltiger.

- Tu as vu ça, Julie ? Je cours ! Trop top !
- Parle pour toi, je suis toi. Affreusement inerte. Qu'est-ce qui m'arrive bon sang ?!
- Moi je sais, c'est dû à ta fatigue. Tu es épuisée, tu as de petits yeux ça se voit. Enfin là, je vois mes yeux à moi, mais... Eh, d'ailleurs je suis plutôt craquant ! dit-il en se, enfin, en ME regardant dans une vitrine.
- Eh, c'est pas le bon moment pour t'admirer ! Au passage, merci pour le compliment... Oui, c'est vrai que ces derniers jours, je me sens plus fatiguée que d'ordinaire. Mais c'est impossible ce qui nous arrive là !
- Ça va être passager. Ne t'inquiète pas.
- Tu en as de bonnes, toi. J'aimerais t'y voir. Je fais quoi, maintenant ?!
- Eh bien... Tu te reposes.

Je ne comprenais rien à cette histoire. Plus la journée avançait, plus des choses bizarres m'arrivaient.

J'ordonnai à moi-même de se trouver un endroit isolé pour faire le point sur la situation. J'avais dans l'idée d'aller jusqu'à la Tour du Roy, il n'y a pas dix mille visiteurs aujourd'hui. On serait tranquilles.

- Alors, c'est parti ! Allons à cette Tour de ton Roi ! s'écria Tilou, ragaillardi par cette nouvelle et étrange situation.
- Hmmm, oui allons-y.

Tilou était heureux comme un gosse. En tout cas pendant les cinquante premières marches qui mènent tout en haut de la tour. Il découvrit les limites de l'endurance des jambes des êtres humains, et en plus, cela faisait bien longtemps que je n'avais pas fait de sport.

- Bon, là c'est bon, stop. On n'est pas bien là pour réfléchir ? lança-t-il, de mauvaise foi.
- Mais nous ne sommes qu'à la moitié de la tour. En plus, l'escalier est étroit. Allez un petit effort ! Et il y a peut-être du monde qui descend ou qui va vouloir monter. Fais pas ta fillette, go ! le motivai-je.
- Tu es gonflée ! souffla-t-il.

C'est vrai que cette tour avait beaucoup de marches, 118 exactement, et je trouvai enfin un intérêt à cette situation inversée. Tilou réussit à gravir la centaine de marches. Puis, arrivé au sommet, il poussa un soupir de soulagement. Lorsqu'il releva les yeux, et qu'il découvrit le spectacle de la vue panoramique, il retint son souffle, ce panorama était sublime et offrait une vue imprenable sur la cité. Il regarda dans toutes les directions.

- Oh la la ! Quelle vue ! C'est indescriptible, c'est un sentiment d'une telle intensité, je ne trouve pas les mots...
- Oui... Tilou... je suis comme toi, voir à travers tes yeux : j'ai une vision totalement différente des choses qui m'entourent. Comme si j'étais au-delà de mon corps. Quelle expérience troublante... Et toi, ton vocabulaire est plus élaboré que d'habitude, dis donc !
- Oui c'est sûr, c'est déconcertant. Quoi, mon vocabulaire ?...

Il regarda tout autour de lui.

- Mais que c'est beau ! Je suis épuisé, mais je kiffe ! C'est trop fou, je vis un truc de dingue ! cria-t-il.
- Ah, je retrouve ta façon de parler, plaisantai-je. Et c'est toi qui dis que c'est déconcertant ?! Je te rappelle que tu es dans mon corps, je fais quoi moi, maintenant ? Je ne peux pas rester dans cet état.
- Je SAIS ! Mais pour moi, c'est le PIED !
- Je suis heureuse pour toi. Tu avais la voix, maintenant, tu peux bouger. C'est chouette. Par contre, ne t'approche pas trop près de la balustrade, je tiens à mon corps, moi !

J'étais en pleine panique. Je voulais qu'il savoure ce moment de plénitude, mais je voulais récupérer mon corps ! J'avais du mal à respirer, ma poitrine (si je puis dire) m'oppressait, je devais faire une crise d'angoisse.

Soudain Tilou se sentit mal lui aussi, et tomba sur ses fesses. Enfin, sur les miennes.

D'un coup, mon angle de vue changea, comme si le choc, même très léger, avait remis les choses à leur place.

- Oh non... Je suis redevenu moi. C'est pas cool.

Tilou était dépité, mais moi, bien que sonnée, j'étais soulagée.

- Je suis désolée Tilou, c'est quand même fou, déjà que tu parles, comment on a pu changer de corps...? Quand toute cette histoire sera terminée, je prendrai un rendez-vous d'urgence avec un médecin. Je couve quelque chose, c'est sûr. Je dois me rendre à l'évidence, ça tourne pas rond chez moi.
- Arrête, tout est normal, déclara-t-il d'un ton blasé.
- Normal ?! m'écriai-je.
- Oui, tu es simplement l'élue.

Tilou m'annonça cette nouvelle d'un ton ferme et

assuré.

Interloquée, je regardai Tilou.

- Élue de quoi ? Je n'ai jamais été élue de quoi que ce soit, même pas déléguée de classe !

- Tu crois que notre rencontre est due au hasard ? me demanda Tilou.

- C'était dû à une bousculade, et toi qui tombes d'un sac à dos, je te rappelle.

- Non, c'était écrit. Le mot de Nathan lui avait dit. Je suis un cadeau de sa maman, j'étais accompagné d'un mot qui disait que, où qu'elle soit, il y aurait toujours quelqu'un qui prendrait soin de nous. Tu es cet être-là !

- Ah... Mais, il y a madame Sullivan !

- Non, je le sens, ce n'est pas pareil... Toi tu es différente.

- Tu crois...? Nan mais qu'est-ce que je raconte, je nage en plein délire ! Déjà que je parle avec une peluche, ensuite je change de corps, et maintenant me voilà l'élue de je ne sais quoi ! Mais qu'est-ce qui m'arrive ?!

Je repris doucement mes esprits, assise par terre : après tous ces événements inattendus, j'étais complètement K.O. et j'avais du mal à réfléchir.

Nous sommes redescendus, et au fil des marches, je fis le point sur la situation. Nos pistes étaient peu nombreuses.

Au niveau hébergement, le choix était rapide, si je me fiais au standing du Grand Hôtel de Bordeaux, nous devions regarder les hôtels 5 étoiles des environs. Nous avions de la chance, il n'y en avait que deux. L'un d'eux était situé au nord de la ville. Une petite balade, et c'était réglé. L'autre se situait dans un château au milieu d'un grand parc. Il avait l'air plus sympa, surtout si on a un enfant...

- Allez Tilou, allons voir ces hôtels, je le sens bien.
- Je te suis ! C'est pas comme si je n'avais pas le choix... bougonna-t-il, déçu de ne plus être dans mon corps.
- Tu as toujours le choix, je peux aussi te laisser là.
- NON ! Tu n'oserais pas ?!
- Mais non, je plaisante, oh qu'il est mignon quand il a peur celui-là.

Notre premier objectif n'était pas très loin, nous n'avions qu'à nous diriger vers l'église monolithe, il se situait juste derrière.

C'était reparti, je marchai d'un pas décidé.

19 - Un petit tour dans les catacombes

Nous avons donc fait une petite balade tout en nous dirigeant vers l'hôtel de luxe situé au nord de la ville. Il faisait un temps magnifique et c'était très agréable. J'interrogeai certains commerçants pendant notre randonnée. Randonnée, oui, car vu comment certaines rues étaient escarpées, c'était du sport !

Et soudain, une petite voix me fit sursauter. Elle était très lointaine, elle m'appelait :

- Julie, Julie...
- Quoi ? Tu as entendu, Tilou ?

Je regardai tout autour de moi, cherchant quelqu'un du regard.

- Non, qu'est-ce qu'il y a ? demanda Tilou.
- Quelqu'un m'appelle.
- Julie, Julie revient...

Toujours cette même petite voix.

- Là, tu as entendu ?!
- ??? Non ! Ça doit être ton amie qui te fait une blague, dit Tilou.
- Impossible, je l'ai vue dans sa boutique en repassant devant, elle était occupée avec des clients.
- Et elle te dit quoi cette voix ? demanda Tilou.
- Elle m'appelle par mon prénom, et me demande de revenir...
- Ah ben c'est peut-être un des commerçants qui t'appelle.
- Hmmm. Sauf que la voix semble venir de là-bas, vers l'église monolithe.
- Non mais tu rigoles ? Ce truc-là au bout de la place, là ?
- Oui ! m'écriai-je.
- Julie, ne pars pas...

Encore cette voix ! J'allais devenir zinzin à force !

- Écoute ! Ecoute Tilou, elle vient encore de m'appeler !
- Non, je t'assure je n'entends rien, par contre, tu me fais flipper, autant que cet endroit : on ne va pas là-bas !

Non mais c'était le monde à l'envers : la peluche avec laquelle je discute depuis le début de cette aventure me dit qu'elle n'entend pas et me fait comprendre que je suis folle !...

- Si, on y va, c'est peut-être important.
- Mais qu'est-ce que c'est que ce village ?! J'ai pas envie de faire copain-copain avec des fantômes sortis d'une vieille église en monokini ! cria Tilou.
- Monolithe Tilou, monolithe. Ça veut dire qu'elle est entièrement creusée dans la roche. Et figure-toi que cette église qui te fait flipper est un monument classé, et c'est l'une des plus grandes églises souterraines d'Europe ! Arrête de faire l'idiot. C'est peut-être important, il faut aller voir.

Nous nous sommes approchés de l'imposant bâtiment. C'est vrai qu'elle était impressionnante cette église. Les portes étaient ouvertes, et bizarrement, il y avait peu de monde autour de nous malgré le fait que nous étions sur la place principale. A en juger par le son de la voix, j'avais l'impression qu'elle provenait de l'intérieur de l'église. C'était peut-être une personne de la mairie, ou même le prêtre qui avait pris connaissance de mon histoire, cette personne avait-elle une information ? Bien que les catacombes n'étaient pas très propices aux rencontres amicales, je décidai de n'écouter que mon courage et de suivre cette voix coûte que coûte.

Nous fîmes le tour de la crypte, l'endroit était désert. Dès notre entrée dans ce lieu sacré, la voix se tut.

- OH EH ! Je suis là ! Il y a quelqu'un ? Répondez !
- Allez, allons-nous-en. Cet endroit me file les chocottes ! implora Tilou.

Effectivement, nous étions entourés d'anciennes tombes, et surtout nous étions sous terre. J'avoue que ça pouvait paraître impressionnant, et dans les deux sens du terme.

- Attends ! Allez, eh oh, il y a quelqu'un ? C'est moi, Julie. Vous m'avez demandé de venir jusqu'ici.
- Allez s'il te plaît ! Partons d'ici, me supplia Tilou.
- Je suis Julie Ferrère, je suis à la recherche d'un petit garçon et de son père. Vous pouvez m'aider ? tentai-je encore une fois.
- Non, mais c'est bon hein, tu vois bien qu'il n'y a personne, faisons demi-tour. Allez, allez !
- Oui, je crois qu'il n'y a personne ici, tu as raison. Ça devait être le vent ou mon imagination...

Je ne croyais pas en mes propres paroles, je

SAVAIS que j'avais entendu cette voix, mais mieux valait se diriger vers la sortie.

Je me demandais comment j'avais pu entendre cette voix lointaine. A plusieurs reprises en plus.

Je marchai vers la porte quand soudain elle se referma. C'était le pompon, on aurait dit que quelqu'un ne voulait pas que je sorte continuer mes recherches. Une force invisible qui me demandait de passer à autre chose.

Un sentiment de lassitude et surtout d'angoisse me gagna. Je me raisonnai et errai à travers les couloirs à la recherche d'une nouvelle sortie. En revanche, il y en a un qui n'était pas aussi tranquille que moi.

- Au secours ! On nous enferme ! Ils veulent s'en prendre à nos vies ! Au secours ! Aidez-moi, je suis juste une peluche innocente !
- Ne t'en fais pas Tilou, c'était l'heure de fermeture des portes : il est 12h30.

Au fond de moi je savais bien qu'ils devaient contrôler de n'enfermer personne, mais il fallait bien que je le rassure.

- Et alors !?! Comment allons-nous sortir ? Au secours... Je ne reverrai jamais Nathan. Mon petit bonhomme humain. C'était mon gardien, ma bataille, fallait pas que j'm'en aille, oh oh oh...
- Oh mais tu n'es vraiment qu'une pleureuse.

En plus maintenant, voilà que tu me fais du Balavoine !

- Quoi ?
- Le chanteur, sa chanson : Mon fils, ma bataille...
- Hmmm... Connais pas. Je veux revoir le soleil, celui qui apaise mon petit cœur.
- Ah ! Parce que tu as un cœur maintenant.
- C'est toi qui n'a pas de cœur ! Au secours !
- Tiens regarde, un prêtre.

Bizarre, on ne l'avait pas vu tout à l'heure.

- Tu es sûre qu'il n'est pas avec eux ?
- Avec qui ? Écoute, calme-toi, il a une soutane blanche, c'est signe de pureté.

Par contre, quelque chose clochait mais je n'arrivais pas à définir ce que c'était.

- Ah... Cool ! Nous sommes sauvés ! s'écria Tilou.

J'interpelai le jeune prieur, concentré devant une magnifique statue de Saint-Nicolas.
Il me répondit en chuchotant.

- Je sais pourquoi vous êtes là. Vous ne trouverez rien ici. Vous devez revenir.

Bizarrement, il me semblait entendre d'autres voix chuchoter elles aussi.

- Comment ça ? demandai-je, interloquée par ses propos, et perturbée par cette ambiance pesante et stressante.

Je sentais mon cœur battre plus vite.

-   Vous ne devez pas perdre de temps, vous devez revenir. Et pour ce faire, vous devez aller parler à ceux qui connaissent tout sur tout le monde.
-   Revenir ? Mais pourquoi vous me dites que je dois revenir ? Et au fait, c'est vous qui m'avez appelée tout à l'heure ?
-   Sortez vite ! L'heure est à l'action. Arrêtez de rêvasser. Sinon, vous ne reviendrez jamais, il vous emportera !
-   Quoi ?! Qui va m'emporter ?? paniquai-je.

Cet homme commençait à me faire flipper, et Tilou, du fond de mon sac, me suppliait de partir.

-   Allez voir les gens qui savent avant que vous ne compreniez de quoi je parle. Partez vite ! m'ordonna l'homme de foi.
-   OK OK ! Au... au revoir.

Je m'exécutai sans demander mon reste.

Ce type m'avait donné la chair de poule.

Pendant un instant, je pensais que Tilou avait fait une crise cardiaque, plus un seul son ne sortait de sa couture. Je retrouvai enfin une sortie, et ne perdis pas une minute pour filer vers ma voiture. En pleine tachycardie, je ne retrouvai une respiration normale que quelques minutes après avoir claqué la portière et verrouillé les portes.

Pendant le trajet, je repensai aux paroles de cet

homme, il m'avait vraiment fait peur. Je ne comprenais pas ce qui se passait.

Et voilà Tilou qui refaisait son numéro de "je lis dans tes pensées" :

- C'est clair, il était chelou le gars.
- Quoi ? Tilou tu as encore recommencé ?
- Mais c'est vrai, on aurait dit un illuminé l'autre, là !
- Arrête de lire dans mes pensées ! C'est vraiment désagréable, et perturbant. Tu sais que ce n'est pas bien d'écouter aux portes.
- Quelles portes ?? Et puis j'y peux rien, désolé ! Je t'entends comme si tu me parlais, donc je ne fais pas la différence !

Cette petite dispute nous servit de distraction après cet épisode mystico-flippant. Les hôtels, on verrait plus tard !

Je jetai un coup d'œil sur le papier que Laurine m'avait donné. J'y trouvai l'adresse de nos commères de la jet-set libournaise.

Les gens chez qui nous devions nous rendre habitaient parmi les vignes de Pomerol, célèbre appellation de l'Entre-deux-Mers. Heureusement que mon smartphone est équipé d'un GPS. Car quand vous êtes dans les vignes, tout se ressemble.

20 - Une révélation fracassante

JULIE

Lors de notre arrivée sur la propriété de notre dernier espoir, nous avons été agréablement surpris : une belle maison nous accueillit, et des parterres de fleurs de part et d'autres du petit chemin nous accompagnèrent jusqu'à l'entrée.
Je vis au loin une dame en train de jardiner. Ce devait être elle dont Laurine m'avait parlé. Elle était très élégante et son air avenant, bien que concentré sur la taille de ses rosiers, m'incita à m'approcher d'elle et me présenter. Elle ne correspondait pas à l'image de commère que je m'étais mise en tête.

- Bonjour madame.
- Oh, pardon ! Ah oui, bonjour mademoiselle.

Je ne vous avais pas entendue arriver...

- Je suis navrée de venir vous importuner en plein milieu de votre jardinage, je m'appelle Julie et l'on m'a dit que vous pourriez peut-être m'aider.
- Chantal. Que puisse-je faire pour vous aider mon enfant ?

Mon enfant... cela me fit sourire.

Ses cheveux blancs coupés court, avec une longue frange qui retombait en vague souple sur son œil gauche, lui donnait un air moderne.

Son regard était bienveillant.

- Je suis à la recherche...
- Ah oui ! s'exclama-t-elle.

Elle s'arrêta en pleine phrase, puis reprit son activité, tout aussi concentrée qu'à mon arrivée.

- "Ah oui", quoi ? demandai-je, interloquée.
- C'est vous, oui, affirma-t-elle.
- Elle est pas toute seule dans sa tête la dame ! rit Tilou, du fond de mon sac.
- Comment ? Excusez-moi madame, mais j'ai du mal à vous suivre.
- Eh bien, oui.
- Mais oui quoi, madame ?

J'étais surprise de sa réaction.

Ce "oui", sans explication commençait à me chauffer les oreilles. Elle avait l'air d'être gentille, mais je voyais bien qu'elle n'avait plus toute sa tête.

Je sentais qu'elle avait des réponses pour moi, j'avais trop hâte de les entendre mais il n'y avait qu'un "oui" qui sortait de sa bouche.

- Vous n'êtes pas là par hasard, dit la dame de façon énigmatique.
- Elle est folle la mamie, j'ai pas l'impression qu'elle soit au courant de quoi que ce soit, lança Tilou.
- Mon enfant, vous n'avez qu'à mettre ce petit loup malpoli sur la table, au moins il aura tout le loisir de dire ce qu'il pense librement.
- Comment ça, "malpoli"...? Vous... vous l'avez entendu ?? Et, comment vous savez qu'il ressemble à un loup ?! Il est dans mon sac. Et, jusqu'à présent je suis la seule à pouvoir...
- Eh bien oui, je ne suis pas si folle que cela. Allons, allons, asseyez-vous, j'ai préparé du thé.

Sur une jolie table de jardin, deux tasses de thé aux initiales CHP étaient disposées, accompagnées de quelques petits biscuits secs.

- Oh, avec plaisir, j'ai la bouche sèche tout à coup, comme si j'avais dormi depuis une semaine.

J'étais vraiment surprise qu'elle aussi puisse entendre mon petit compagnon de route, mais je me sentais moins seule.

Elle me servit une tasse dont je bus quelques gorgées avec délectation.

- Non, pas aussi longtemps, mais presque... Hmmm, se reprit-elle comme prise en faute, alors dites-moi, que recherchez-vous ?
- Un homme. Comment ça "pas aussi longte..."

Elle me coupa.

- Ah oui, les hommes, on recherche toujours l'homme de nos rêves, n'est-ce pas ?
- Oui, enfin non, je cherche un papa qui voyage avec...
- Je ne crois pas, non. Êtes-vous sûre de chercher la bonne personne ?
- Mais bien sûr que oui ! Je dois retrouver Nathan pour lui rendre Tilou. D'ailleurs, je vous présente ce petit être malpoli, il se nomme Tilou.

Tout en le sortant de mon sac, j'expliquai à la dame.

- Il est malencontreusement tombé du sac à dos de son petit humain, un petit garçon qui s'appelle, comme je vous l'ai dit, Nathan. Dis-lui Tilou.

Bizarrement, mon moulin à paroles s'était tu. Cela faisait quatre jours que j'étais tombée sur lui, et ce fut la première fois qu'il gardait le silence, alors qu'il avait une nouvelle oreille pour l'écouter. Surprise par ce silence, je l'invitai à s'exprimer.

- Bon alors Tilou, tu me mets dans l'embarras devant la dame. Pourquoi tu ne parles plus ?

Tilou resta indiscutablement muet. Comme si le fait de le poser sur la table avait repris sa faculté de parler. Une peluche toute simple, même si tout aussi craquante. Chantal relança la discussion sur le but de ma venue.

- Je sais pourquoi vous êtes là, lança-t-elle.
- Ah... Tant mieux. Je vous avoue que je suis un peu perdue. Depuis ce matin, il ne m'arrive que des choses bizarres. Enfin, depuis quatre jours à vrai dire...
- Et je dirais que le plus bizarre, c'est que vous parlez avec une peluche. Non ?
- Oui, c'est clair. Mais, vous l'avez entendue, comme moi, non ?
- Hum, hum... bien bien bien...

Cette dame devenait de plus en plus louche. Avec Tilou qui jouait les muets, j'étais sur le point de partir, quand la femme répliqua avec énergie :

- NON, restez avec moi, prononça-t-elle avec autorité.
- Comment ?!

Son insistance me fit peur. En plus, j'avais dû me

lever trop vite, et j'eus la tête qui se mit à tourner. Je retombai lourdement sur la chaise de jardin.

- Mademoiselle Ferrère. Restez avec moi.
- Quoi, mais... comment connaissez-vous mon nom de famille ? Je ne vous ai pas...
- Je connais plus de choses que vous ne le croyez.

Je continuai la conversation malgré mon étourdissement.

- Nathan alors, où est-il ? Je dois lui remettre sa peluche.
- Mais il l'a, il est avec nous. répondit-elle, sûre d'elle.
- De quoi parlez-vous ? Vous êtes une sorte de voyante ou quoi ? Nathan est avec son père, et sa nounou. Je dois lui rendre Tilou.

Mes yeux avaient du mal à rester ouverts.

- Julie, Julie...

Encore cette voix lointaine, comme à Saint-Emilion !

J'avais le souffle court. J'étais en panique totale.

Je ne savais plus si j'étais en train de rêver, quel était le vrai du faux.

J'appelai Tilou à l'aide. Mais encore aucune réponse.

Cette peluche me le paierait. Il faisait silence radio alors qu'il avait joué les moulins à paroles depuis quatre jours !

- Tilou, Tilou... Mais qu'avez-vous fait madame ? Il ne parle plus ! Tilou...?!

Je ne me sentais pas bien, la nausée retournait mon estomac.

- Julie, écoutez-moi ! Regardez-moi ! Je suis là ! Il faut revenir. MAINTENANT !

Avec son ton autoritaire, mais néanmoins bienveillant, elle me secoua, me tapota les joues. Je me sentais partir et totalement perdue.

- Je... quoi... mais où, quand...? Je n'arrive plus à... ouvrir les yeux... Pourquoi faites-vous ça ? Arrêtez !

- Allez Julie, un petit effort !

- Non, je veux dormir... chuchotai-je.

Ma voix était presque éteinte.

- Non ! Revenez ! m'intima Chantal.

Je ne savais plus où j'étais, j'étais comme droguée. Cette mamie avait mis quoi dans mon thé ? Je n'étais pas bien du tout, comme un lendemain de soirée bien arrosée où l'on regrette d'avoir autant bu...

Et soudain :

- JULIIIIIE !!!

C'était maintenant la voix d'un petit garçon qui m'appelait. Sûrement le petit-fils de la mamie.

Il m'appela encore et encore, avec de plus en plus d'intensité.

- JULIE ! JULIE ! JULIE !
- ... Oui... Qui...?
- JULIE ! Julie...

Après l'angoisse, je sentais du soulagement dans la petite voix.

Soudain, une idée traversa mon esprit embrumé.

- Nathan ? murmurai-je au hasard, derrière mes yeux clos, mais sans que le moindre son ne sorte de ma bouche.
- Julie ! Docteur !!! Elle est réveillée !!! cria la petite voix.

Quoi, mais qu'est-ce qu'il se passe ?!

Je n'arrivais à produire aucun son.

- Julie ! Tu as vu Tilou ?! Julie est réveillée ! Madame Sullivan, Julie est réveillée !

Comment ça, je suis "réveillée" ?

Je sortis de ma léthargie avec beaucoup de difficulté, je ne parvenais toujours pas à ouvrir complètement les yeux, ni à parler. J'entendais que du monde s'affairait autour de moi.

Je ne reconnus aucune des voix, mise à part celle de la vieille dame. Par contre, je pouvais sentir que nous n'étions plus à Pomerol, mais dans un hôpital.

L'odeur caractéristique des antiseptiques me donnait la nausée, et les bips des machines me fracassaient les oreilles comme si j'entendais pour la première fois après des mois plongée dans le silence.

J'étais saoule, groggy. Mon corps était si lourd.

Et cette gêne dans ma gorge...

Soudain, avec une délicatesse incroyable, je sentis un petit bonhomme serrer ma main dans ses bras et se lover contre mon avant-bras. Il n'était pas venu seul : une boule de poils s'amusait à me chatouiller le nez.

A travers mes yeux mi-clos, je crus reconnaître Tilou !

J'entendis le bruit d'un chariot et des voix professionnelles ordonner :

- Sors de là mon petit, nous allons nous occuper d'elle. Ah madame Sullivan, je vois que vous étiez partie à la machine à café, voici une bonne nouvelle, regardez... annonça une voix féminine.

- Oooh, j'en suis heureuse ! Viens mon Nathan, sortons de la chambre, laissons les médecins travailler, prononça une voix douce et ferme.

- Sophie, veuillez noter que mademoiselle Ferrère s'est réveillée ce lundi 13 juillet à 14h08, après un coma secondaire de 74 heures.

Quoiiiiiii ??? Etait-ce une blague ?! Cette nouvelle des plus inquiétantes, surprenantes, bouleversantes, était la goutte d'eau qui fit déborder le raz-de-marée de mon cerveau. Je sentis mon cœur repartir à un rythme effréné.

En plus, c'était le trou noir, je ne me rappelais que de mon séjour à Biarritz et de mon aventure avec Tilou. Je ne comprenais pas comment j'avais pu me retrouver dans cet hôpital. J'étais catastrophée d'apprendre que j'étais "endormie" depuis trois jours. J'avais l'impression d'avoir passé plusieurs jours avec Tilou pourtant, l'impression d'avoir voyagé, ri, conduit...

Autant mon esprit semblait retrouver un niveau de réflexion cohérent, autant je n'arrivais à articuler aucun mot. Mon corps était aussi mou qu'un chamallow et ma gorge me brûlait.

Malgré mon état, j'essayai de recouper les informations que je possédais, c'était mon côté journaliste qui ressortait.

> - Mais... Que... s'est... il passé ? essayai-je d'articuler sans succès. Tout mot restait bloqué dans ma tête.
> - Ne vous inquiétez pas mademoiselle Ferrère, n'essayez pas de parler pour le moment, vous êtes intubée. Nous allons vous libérer, ne vous en faites pas.

La doctoresse se chargea d'enlever le tube qui m'aidait jusqu'à présent à respirer, en m'expliquant la procédure pour ne pas avoir trop mal.

Pour faire diversion de cette situation désagréable pour moi, elle continua la conversation :

- Concernant votre hospitalisation, vous avez fait une heu... Vous en souvenez-vous ? me demanda gentiment la doctoresse

Sa voix, son visage... À travers mes yeux mi-clos, je la reconnus : c'était elle, la mamie de Pomerol !

Une quinte de toux phénoménale et la trachée en feu. Ça y est, j'étais libérée du tube.

- Heu... Non je ne... Mais... Vous êtes la... vieille dame de... Pomerol ? dis-je dans un chuchotement.
- De quoi parlez-vous ? s'étonna-t-elle. Et merci pour le "vieille" !

Elle rapprocha son visage du mien pour mieux me comprendre.

- Si... Nous étions... dans votre... maison de... Pomerol. Vous... Chantal, c'est votre prénom, non ? lançai-je dans un murmure.
- Mais comment savez-vous que j'ai une maison secondaire à Pomerol ?! Et, oui, je m'appelle Chantal... C'est incroyable, nous ne nous sommes jamais rencontrées auparavant !

Cette fois, c'est elle qui semblait surprise par la situation.

- C'est... Laurine... mon amie qui... m'a donné vos... coordon... Je...

De nouveau, les éléments devinrent flous, je me sentais nauséeuse.

- Mademoiselle Ferrère ! Calmez-vous. Vite, Sophie, passez-moi le masque à oxygène. Elle repart. Elle a fait trop d'efforts. Julie, vous m'entendez ?

Après des secondes qui semblèrent une éternité, j'arrivai à articuler un timide oui.

- C'est bon elle revient. Alors écoutez-moi, je suis le docteur Liseberg. Je suis votre médecin, et je viens de vous mettre sous oxygène. Ne faites pas d'efforts pour le moment. Vous sortez d'un coma de trois jours, votre cerveau et votre corps doivent se remettre. Vous comprenez ?
- Oui... murmurai-je.

Pas d'efforts, ce n'était pas trop compliqué, je ne pouvais pas bouger. Cette discussion avait été pour moi éprouvante, d'une part à cause de la nouvelle qui me tombait dessus, et d'autre part pour l'effort que cela m'avait demandé.

Je ne comprenais pas pourquoi cette femme me disait que c'était mon médecin alors que nous allions prendre le thé dans son jardin quelques instants auparavant.

Et pourquoi je me trouvais là, clouée sur un lit d'hôpital ?

Autant de questions auxquelles je ne pouvais répondre et cela me rendait folle.

- Allons, sortons de la chambre maintenant, ordonna Mamie de Pomerol au personnel hospitalier. Laissons-la récupérer. Même toi, jeune homme. Tout va bien aller maintenant.

Chantal Liseberg s'adressait à deux personnes restées dans le couloir, à m'observer dans l'encadrure de la porte.

Je regardai la porte se fermer, et aperçus Tilou dans les bras du petit garçon... Nathan !

Avec un sourire, je me sentis partir, mais cette fois pour un sommeil bienvenu et réparateur.

21 - Une jeune femme courageuse

NATHAN

Bonjour, même si vous me voyez pas, c'est pas grave. Je me présente Nathan Pavaron, j'ai 5 ans et je suis à l'hôpital.

J'ai rien, hein, pas de panique.

Enfin si, quand "c'est" arrivé, j'ai paniqué, mais c'est autre chose. Quelques bosses, la frousse de ma vie, mais surtout je suis là pour une dame super courageuse, elle s'appelle Julie et elle dort depuis trois jours.

Les docteurs veulent rien me dire, et encore moins papa ni Nanou.

Ah tiens, je vous ai pas présenté Tilou ! C'est mon meilleur doudou de la vie entière. Mon super copain à qui je dis TOUT. Tilou et moi, on partage des aventures merveilleuses.

Et c'est pendant notre dernière aventure qu'on est tombés sur Julie, ou... c'est plutôt elle qui m'est tombée dessus. Et papa est devenu tout blanc. En tout cas, c'est grâce à elle que je peux vous parler aujourd'hui.

Mais la pauvre, elle n'a pas eu de chance. Vous voulez savoir ce qui s'est passé ce fameux jour ?

Vous savez, j'adore raconter des histoires !

Alors voilà : il était une fois un petit garçon qui était sur la piste d'un homme mystérieux qui s'appelait papa. Le plus grand des grands coquins de papa de tous les temps ! Il faisait des blagues tout le temps. Quand il était là...

Ce petit garçon, Nathan (c'est moi !) était accompagné de son fidèle acolyte, Tilou.

Une indic avait informé les deux héros que le filou de papa était caché dans un flacon de vin géant au bord de la Garonne. Elle était un peu vieille, elle devait confondre car ce n'était pas logique, et il ne comprenait rien à ce qu'elle racontait. Il lui avait demandé de les rejoindre jusqu'à son repère. Il faisait chaud, ils ont dû faire une halte dans les jets du Miroir d'Eau pour se rafraîchir un peu...

   –   Nathan ?... Nathan ? A qui parles-tu comme ça ?

Je me retournai, c'était Nanou qui était revenue dans la chambre où j'avais réussi à me faufiler.

- A Julie, bien sûr.
- Viens Nathan, ton père est là, il va nous ramener à l'hôtel. Tu dois te reposer, et laisser cette pauvre jeune femme tranquille. Elle a sûrement besoin de calme.
- Non. S'te plaît Nanou ! Julie vient de se réveiller. Il faut rester. Et on doit lui expliquer !
- Allez, nous reviendrons demain, je te rappelle que nous venons tous les jours.
- Mais...
- Ne fais pas d'histoires, ton père va nous attendre.
- Mais pourquoi il ne vient pas, lui ?
- Il est venu la voir, plusieurs fois tu sais.
- Mais je faisais mon journaliste-reporter, je lui expliquais pourquoi elle est là. C'est quand même une super héroïne !
- Oui Nathan, c'est une jeune femme très courageuse, mais elle doit aussi se reposer. Tu sais, elle a subi une grosse épreuve.
- Oh c'est pas juste !

Le regard de Nanou me disait que je devais pas abuser.

- Bon d'accord... Tilou, prends soin de Julie.
- Mais... Tu laisses ton doudou, Nathan ?

demanda Nanou, surprise.

- Oui, elle en a besoin. Il va la consoler si elle a mal ou si elle a peur. Elle me le rendra demain. Hein, Julie ?

Je voyais bien qu'elle essayait de parler mais elle avait beaucoup de mal rien qu'à garder les yeux ouverts. Après quelques secondes, j'ai vu son joli sourire, et j'ai compris.

Je devais partir. Depuis que Julie est tombée dans notre vie, mon papa voulait passer plus de temps avec moi. Je sais pas trop pourquoi, mais en tout cas je suis super content. Il avait décidé que c'était plus de son fiston et moins de son travail.

JULIE

Non...! Reste...! Nathan... Pourquoi il était parti ? Je voulais savoir ce que je faisais là. Il allait tout me dire ! Mais qu'est-ce que je faisais dans cette chambre ? Quelle poisse, et mon corps qui ne répond à aucune de mes commandes ! Je n'arrive pas à bouger, je n'arrive pas à parler, c'est fou ça ! Je voulais tant avoir des réponses à ma situation.

Et voilà que ce petit bonhomme filait rejoindre son père, alors que j'étais là, bloquée sur ce lit sans arriver à bouger, ni à parler. Mais qu'est-ce qu'ils m'avaient fait dans cet hôpital ?

Ils m'ont droguée ou quoi ?

Possible, pour la douleur sûrement, selon ce qui m'est arrivé.

Bon, génial, j'étais dans le flou total. Mais pas de panique, d'après cette femme médecin, j'avais fait le plus dur. Il fallait que je fasse passer le temps. J'essayai de définir ce qu'il s'était passé. Avec son histoire de papa filou qu'il pourchassait avec Tilou, c'était plutôt tiré par les cheveux, mais c'était pourtant ce que moi j'avais vécu !
La suite de son récit aurait sûrement répondu à mes questions. Et voilà qu'il me laissait avec Tilou, muet... Moi qui l'avais emmené partout, voilà qu'il perdait la parole au plus mauvais moment. Pas cool, la peluche ! Remarque, apparemment je ne l'avais pas vraiment emmené partout...
Par contre, trop craquant ce petit bout d'chou qui me laisse sa peluche adorée pour me rassurer, je l'aurais bien serré dans mes bras ce petit bonhomme.

Alors, si j'essayais de résumer la situation : j'étais donc sur ce lit d'hôpital, depuis trois jours. Ça, c'était un fait.
En revanche, je sentais tout mon corps, même si je ne pouvais pas vraiment bouger.
Que s'était-il passé ? Oh la la ! J'allais devenir folle ! J'avais besoin de réponses, mais tout le

monde avait quitté la chambre. Je restai donc seule avec mes questions sans espérer une seule réponse de qui que ce soit.

Les premières minutes, j'essayai de m'imaginer tous les scénarios possibles qui m'auraient amenée ici.
Alors donc, tout avait commencé vendredi, sur les Quais de Bordeaux... Et à ce moment-là je ne connaissais ni Nathan, ni Tilou.
Et si Nathan était tombé dans la Garonne et que n'écoutant que mon courage, j'avais sauté à l'eau sans réfléchir ? J'avais pu le sauver, mais malgré mes efforts, je m'étais noyée. Non impossible, avec le courant ça aurait été trop dangereux de sauter dans cette eau froide et boueuse. Mieux valait laisser faire les équipes de secours.
Alors, ...

Et si la nounou m'avait percutée en voiture ? C'est une idée plausible, ça !
Mais peu probable car je ne sentais pas de plâtre sur mon corps. Certes, j'avais mal partout surtout à la tête, et sur les côtes. Mais ça doit faire de sacrés dégâts un impact avec une voiture, donc ça ne pouvait pas être ça.

Ah je sais...! C'était peut-être dans un des

restaurants que je testais, j'aurais sauvé le petit d'un étouffement à cause d'un morceau de poulet coincé dans sa trachée, et avec l'élan... Mais bien sûr, n'importe quoi, t'es folle ma fille ! Non mais qu'est-ce que je racontais ?!
Tout compte fait, j'étais sûre que c'était plutôt dû à ma maladresse légendaire. J'avais dû regarder le petit garçon que je trouvais trop mignon avec son Tilou dans les bras.
Et bim...! Je me serais pris un poteau en pleine face !
ÇA, c'est plausible !
Mais le petit bonhomme semblait dire que c'était grâce à moi qu'il était là...
Mon cœur recommença à s'emballer.

Soudain une voix agréablement familière retentit.

- Bon, alors, tu ne t'y attendais pas à celle-là ?!
- Tilou ?! Ah Tilou, tu es revenu ! Je suis trop contente de t'ent... Je t'entends ?? Mais tu n'es qu'une peluche, tu ne parles pas, c'est dans mon esprit tout ça. D'ailleurs, je suis à l'hôpital...
- Es-tu sûre de toi ? Je suis avec toi quand même, non ?
- Je t'entends, et tu m'entends... OK. Au secours !

- Quoi...? Allez Julie, reprends-toi, nous devons retrouver Nathan.
- Mais il était là, il est parti rejoindre son père il y a quelques minutes.
- Mais non, vite ! Vite ! cria Tilou.
- Tu n'entends pas ces bips rapides ? Il y a quelque chose qui cloche, dis-je.
- Des bips ? Oh ça doit être la mamie du jardin qui a mis des gâteaux au four. Vite, nous devons partir ! cria de nouveau Tilou.

Soudain une autre voix familière.

- Madame Ferrère ? Madame Ferrère ? Julie ?! Restez avec nous !... Vite, elle repart !
- Quoi ? Madame Liseberg ? demandai-je dans un murmure.

Une lumière intense venait et repartait devant mes yeux.

Je n'arrivais pas à situer ma réalité.

Étais-je bien avec Tilou qui était revenu, réel comme pourrait l'être une peluche qui parle ?

Ou alors étais-je bien dans un hôpital, en train de divaguer ?

Mais qu'est-ce qu'ils sont forts ces bips, et cette lumière...

Ça y est, j'avais compris : j'étais en train de mourir.

LA fameuse lumière.

Est-ce que j'allais voir le bout du tunnel, comme dans les films ?

  - Concentrez-vous sur ma voix. Vous êtes à l'hôpital. Vous me comprenez ?

  - Mais de quoi elle parle Tilou ? Je crois que je n'aurais jamais dû écouter Laurine, cette madame Liseberg est vraiment bizarre.

Visiblement tout ce que je venais de dire était resté bloqué dans ma tête et n'avait pas quitté ma bouche.

  - Sophie, administrez le produit qui convient en intraveineuse à madame Ferrère. Et surveillez ses constantes les prochaines heures. Je veux être tenue informée au moindre changement.

C'était mamie docteur.

  - Calmez-vous madame Ferrère, calmez-vous...

Ça, c'était l'autre voix. Sophie apparemment.

  - Hummm...

Voilà le seul son que je réussis à émettre.

Mais je compris d'où venait la lumière : un mini-stylo lampe-torche allait et venait devant mes yeux, que la fameuse Sophie me maintenait ouverts.

Je me sentais un peu mieux, petit à petit, mon

souffle redevint de nouveau calme.

Alors, qu'est-ce que je disais ?

Ah oui, l'hôpital. Les raisons de ma présence.

Oh, qu'est-ce que j'étais fatiguée...

J'entendais l'équipe médicale s'inquiéter de mon cas. Sophie et Chantal semblaient rassurées que mon pouls ait repris un rythme normal, et je les entendis dire que j'allais pouvoir bien me reposer maintenant.

Oh la la... Je m'sens coooool. Je ne savais pas ce qu'elles m'avaient injecté, mais là, je n'étais plus stressée !

Puis soudain, le vide, je partis dans les bras de Morphée.

Les réponses seraient donc pour plus tard.

22 - La révélation

- Ah... que j'ai bien dormi. Salut Tilou ! Oh, il fait sombre dans cette pièce, il faudrait que j'aille ouvrir les volets.

Ma voix était éraillée, j'avais mal à la gorge comme si j'avais une méga angine.

- Alors Tilou, tu n'es pas très causant ce matin !

Pas de réponse. Il devait bouder comme d'habitude, le fait que notre petite mamie jardinière l'ait traité de malpoli n'avait pas dû lui plaire.

Je n'avais jamais vu une peluche aussi susceptible.

- Il est quelle heure ? Je ne me souviens pas trop comment s'est terminé notre rendez-vous avec madame heu... comment s'appelait-elle déjà ?

- ...

- Tilou, tu ne m'aides pas, là.

Toujours silence radio.

- OK. Je vois. Tu as eu la honte qu'elle te traite d'impoli, c'est ça? Eh bien boude si ça te chante ! Tu finis toujours par me reparler de toute façon. Bon, alors c'était madam...

Je n'avais pas le temps de terminer ma phrase qu'une voix lançait, tout excitée :

- Docteur Liseberg, elle revient à elle ! Et elle parle !

- Oui ! C'est ça ! Madame Liseberg, c'était elle... Chantal je crois. Mais, qui êtes - vous ? Et pourquoi "et elle parle ! "?! Et que faites-vous dans ma chambre ?

La jeune femme habillée en infirmière laissa place à une dame aux cheveux blancs coupés courts.

- Bonjour jeune fille.

- Ah, Madame Liseberg, vous êtes là, mais où suis-je ?

- Ah... oui, ça peut être un des effets... Ne vous inquiétez pas, vous êtes à l'hôpital. Vous avez eu un accident.

- Je suis où ?! Oh ma voix...

- Je vous rassure, votre voix reviendra petit à petit, et le mal de gorge passera également. C'est à cause du tuyau que l'on vous a mis pour vous aider à respirer.

- Respirer ??!

- Calmez-vous, je vais revenir dans quelques
  minutes et je vous expliquerai de nouveau
  tout ça.

De nouveau ? Non mais je perds la boule ou quoi ?!
Et puis c'est quoi cette histoire : un accident !? Je
m'étais encore mise dans de beaux draps, moi. Je
ne comprenais pas. Et Tilou... je devais retrouver
Nathan !

- Mais comment je vais faire ? questionnai-je
  à haute voix.
- Ne vous agitez pas madame Ferrère. Vous
  êtes ici depuis vendredi, 74 heures passées
  dans le coma, alors soyez gentille avec vous-
  même et reposez-vous. Il faut juste que
  vous repreniez des forces, mais vous êtes
  sur la bonne voie.

C'est une histoire de dingue. Il y a quatre jours, je
rencontrais Tilou.

- Je comprends mieux pourquoi tu boudes
  Tilou, chuchotai-je en regardant le petit
  chat.
- Euh docteur, je crois qu'elle parle à la
  peluche, lança l'infirmière à l'adresse de
  Mme Liseberg.

- Elle est un peu déboussolée. Elle ne se souvient pas de son réveil d'hier.

La doctoresse s'avança vers moi, un stylo lumineux à la main, et ouvrit grand chacun de mes yeux pour y faire danser le faisceau lumineux. Ça, ça me rappelait quelque chose.

- Me souvenir de quoi...?

Oh c'est pas vrai ! Je me rappelais maintenant, oui j'étais à l'hôpital ! J'ai entendu Nathan me parler hier ! Il m'a fait un câlin et m'a laissé Tilou pour me consoler ! Mais pourquoi j'étais là déjà ? Ah oui, je ne le savais pas encore. Il a dû partir avant de terminer son histoire. Et donc Tilou n'est qu'une simple peluche, d'où son silence.

- Non non, pas une "simple "... dit une voix familière sur un ton un peu vexé.

Oh punaise, c'est pas vrai !
Je l'entendais, donc j'étais sûrement en train de repartir !

- Mais non, panique pas, certes je suis Tilou, mais tout est en toi...
- Ouh la ! Les médocs sont plus costauds que prévus je crois.
- Oh, t'as fini tes jérémiades ma belle !
- C'est officiel, je suis folle !
- Mais non... Enfin pas complètement.
- Comment ça, "pas complètement "?

Puis plus rien. Il ne dit plus rien ! Que ça m'agaçait !!!
-    Allô ??! Tilou ?!

Et voilà, retour seule avec moi-même.
Ma chambre d'hôpital me semblait être une prison, tout comme mon cerveau.

L'infirmière rentra dans ma cellule, heu pardon... ma chambre, puis contrôla les moniteurs.
Ces bips me portaient sur les nerfs.

23 - De nouveaux amis

4 semaines plus tard
JULIE

Un rayon de soleil caresse mon visage et vient jouer avec mes paupières.

Il est temps de te lever, semble-t-il me dire.

Je resterais bien au lit toute la journée, moi.

Mais j'avais ma dernière séance de kiné aujourd'hui. Enfin !

Certes, j'ai toujours quelques douleurs cervicales, mais les allers-retours chez mon masseur commencent vraiment à me...

- Mais tu sais que tu en as besoin.
- Oui Tilou, je sais, merci.

Il était ma conscience, mon ange-gardien. Toujours à me rappeler à l'ordre, ou à me faire rire au moment où j'en avais besoin !

Pourtant son "existence" et sa venue dans ma vie sont vraiment surprenantes.

Durant ces dernières semaines, j'ai été choyée, chouchoutée par ma famille et mes amis, mais surtout par la famille de Nathan. Toutes ces attentions et leur bienveillance sont pour beaucoup dans mon rétablissement rapide d'ailleurs.

David, le papa de Nathan, me fait livrer des plats traiteur tous les jours pour que je n'aie pas à cuisiner, il fait aussi venir une personne pour se charger à ma place de mon ménage, et Cathy (Nanou) vient me voir régulièrement avec Nathan. J'adore ce petit. Avec ses yeux malicieux, ses réflexions d'enfant mais toujours pleines de bon sens, il me fait craquer.

Durant l'une de nos premières pauses thé / café et gourmandises, Cathy m'expliqua en détails les circonstances de mon accident.

- Nathan et moi quittions le Miroir d'Eau pour aller rejoindre David : il avait un rendez-vous à la Cité du Vin qui s'était terminé plus tôt que prévu, et il voulait montrer ce bâtiment original à Nathan.

Ça, ça collait avec les dires de Tilou concernant une "carafe géante".

- Sur le passage piéton qui menait au tramway, la foule était dense. Tout à coup,

Nathan lâcha ma main, avec une vitesse surprenante il fit demi-tour au milieu des gens, mais nous venions d'arriver de l'autre côté de la route ! C'est là que j'aperçus Tilou par terre, et surtout une voiture qui arrivait droit sur mon petit Nathan, et...

Ses paroles restèrent coincées dans sa gorge, elle ne put retenir ses larmes, et moi j'avais du mal à respirer et un poids sur l'estomac.

Tout ce qu'elle décrivait me semblait familier, mais comme dans un rêve.

Cathy poursuivit :

- Nathan avait le sourire car il venait de ramasser son Tilou. Mais la voiture... Mon cœur s'est arrêté de battre, j'ai hurlé comme jamais...

Ah, je me souvenais, oui !

- Et tu es arrivée, tu as littéralement bondi sur Nathan, le tirant de l'autre côté du passage piéton, mais dans l'élan, tu as trébuché, Nathan aussi, il en a lâché Tilou. Mais ta tête a heurté violemment le bord du trottoir.

C'est ça, le trottoir.

Je me souviens maintenant des dernières choses que j'ai vues : le trottoir, et Tilou.

Voilà comment ma mémoire est revenue, grâce au

récit détaillé du sauvetage de Nathan.

J'étais heureuse d'apprendre que j'avais fait une bonne action, mais complètement déboussolée d'apprendre que mon aventure avec Tilou à la recherche de Nathan et sa famille s'était déroulée dans mon cerveau...

Cathy avait bien vu le lien spécial qui m'unissait à Tilou. Elle et Nathan m'avaient surprise en train de parler avec la peluche en revenant à l'hôpital le lendemain du jour où Nathan me l'avait prêtée pour la nuit.

J'étais très gênée, et essayais de donner le change en bafouillant une excuse quelconque.

Nathan, lui, souriait jusqu'aux oreilles (ah, il n'y avait pas que lui qui parlait à Tilou !) mais Cathy me regardait de façon plus sceptique, vu mon état de santé.

Puis en discutant avec moi, elle interpréta cela comme un moyen de me rassurer et de me raccrocher au monde réel suite à mon épisode de coma.

Le jour de ma sortie, elle rentra seule dans ma chambre, avec un léger sourire de contentement. Elle s'approcha de moi, munie d'un petit sac cadeau.

> —   Tenez, je sais que sa présence vous fera du bien.

On ne se tutoyait pas encore, mais je sentais qu'une affection particulière se créait entre nous.
Ce cadeau de sortie me toucha.
J'ouvris le sac et là, oh surprise !

- Cathy ! Oh mais je ne peux pas accepter ! C'est à Nathan, il...
- Non, gardez-le, j'ai laissé son doublon à Nathan... Vous savez, avec les enfants il faut toujours parer le fait que le doudou favori soit perdu. Et pour éviter la catastrophe, j'en avais acheté un second lorsque je l'ai trouvé. C'était compliqué car c'est la maman de Nathan qui lui avait offert à sa naissance. Quand je l'ai trouvé, j'ai immédiatement acheté Tilou n°2 !
- Oh Cathy, c'est vraiment adorable de votre part... Je suis très touchée.
- C'est votre trophée, en tant qu'héroïne. Vous avez sauvé notre petit Nathan, nous vous en serons reconnaissants toute notre vie, David et moi, vous savez.
- Merci à vous. C'était normal après tout.
- Non, tout le monde ne l'aurait pas fait. Par contre, juste un petit service...
- Oui ? demandai-je.
- Si un jour Nathan perd son Tilou, vous pourrez me rendre celui-ci ?...
- Ah mais bien sûr ! souriai-je.

Et voilà, j'avais mon Tilou avec moi pour de bon (ou presque !), et je m'étais fait de nouveaux amis. David était très attachant lui aussi, même si je ne le voyais que très peu par rapport à Cathy et Nathan. Il avait beaucoup de rendez-vous ces dernières semaines, et ne prenait le temps que d'un petit café lorsque Cathy venait me rendre visite avec Nathan.

Le peu de temps passé ensemble m'avait permis de me rendre compte de sa gentillesse et de son intelligence. Nos conversations étaient toujours intéressantes. Le genre de personnes avec qui vous pouvez parler des heures sans vous rendre compte du temps qui passe. Il est conférencier et m'a promis de m'expliquer sa spécialité lors d'un "vrai" rendez-vous.

J'ai aussi appris à connaître l'histoire de leur famille.

En fait, au-delà de la reconnaissance de tout parent devant le sauvetage de son enfant, pour David, cela signifiait bien plus que cela.

En effet, j'appris que la maman de Nathan avait perdu la vie dans des circonstances quasi similaires à notre rencontre :

Lorsque Nathan avait deux ans et demi, ils se promenaient tous les trois en ville. Ils se tenaient main dans la main. Sarah (c'était son prénom), entre David et Nathan, tenait tendrement la main de chacun de ses amours.

Deux magnifiques papillons voletèrent au-dessus de leurs têtes. Nathan riait. Sa casquette tomba sur le sol. David s'arrêta pour la ramasser.

Et d'un coup, sans crier gare, sa petite main glissa de celle de sa maman, il courut après les papillons, et traversa la rue...

Deux voitures arrivaient de chaque côté de la voie. Sarah ne réfléchit pas et se rua vers Nathan.

L'une des deux voitures pila dans un affreux crissement de pneus, mais pas l'autre.

David, impuissant et horrifié, ne put que voir Sarah pousser Nathan de l'autre côté de la rue au moment où son corps fut projeté dans les airs...

La douleur et la peine étaient toujours vives pour David. Heureusement Nathan était trop petit pour se souvenir de cette affreuse journée.

Une passante bienveillante avait attrapé Nathan et lui avait épargné de voir la scène, elle s'était occupée de lui pendant que David restait auprès de sa femme en attendant l'arrivée des secours.

Afin de soulager la peine de l'absence de sa maman, David décida de passer plus de temps avec son petit, et l'inclut dans ses déplacements professionnels, avec l'aide d'une nounou.

Voilà pourquoi le fait que j'aie sauvé son petit le

toucha si particulièrement.

Pour me remercier, David avait donc mis en place des repas traiteur, une aide-ménagère, et il me promit un déjeuner dans un grand restaurant. Me sachant testeuse et journaliste avisée, il m'avait taquinée et avait promis de mettre la barre haute.

Ce déjeuner, c'est demain.
J'ai hâte d'y être, je sais que nous ne nous ennuierons pas.

- Oui, c'est sûr que tu ne t'ennuieras pas ma belle. Et si tu allais choisir ta tenue ? J'ai le sentiment que ce déjeuner va être le début d'une nouvelle aventure... me lança Tilou.

C'est peut-être bizarre, mais depuis cet accident, et grâce à Tilou, mon intuition était beaucoup plus développée qu'avant.
Hmmm, à suivre...

En tout cas, mon aventure d'enquêtrice d'un jour (ou plutôt trois !) m'a beaucoup marquée, même si elle n'a été qu'un rêve.
Mais ce qui est sûr, c'est que Tilou et moi, nous formons un vrai duo de choc !

Fin
(ou presque...)

TABLE

CITATIONS

Antoine de Saint-Exupéry "Le Petit Prince"

Chap. 4
Mika "Life in cartoon motion"
Pulp Fiction
The Beach Boys

Chap. 16
Queen "Bohemian Rapsody"

Chap. 19
Balavoine "Mon fils, ma bataille"

« loi n°49-956 du 16 juillet 1949 sur les publications
destinées à la jeunesse »

Instagram : @lyvia_palay
Site : www.romanduodechoc.fr

Dépôt légal : Octobre 2019